緑色のバス

Tan
OnuMa

小沼丹

P+D
BOOKS
小学館

目次

バルセロナの書盗

あの本こそ、ラ・マンチヤ中の一番立派な分別者を
こんなにしてしまつたのぢや。

――ドン・キホオテ

一八四〇年の夏の夜のことである。

スペインはバルセロナにその名を知られたドン・マテイヤスなる富豪の邸宅から火を発し、折からの強風に火焰は忽ち巨大な邸宅を席巻し一夜の裡《うち》に灰燼と帰してしまつた。朝になつて、焼跡から黒焦の屍体が一箇発見されたが、調査の結果、邸宅の主人ドン・マテイヤスその人なることが判明した。口に、陶器のパイプを咥《くは》へて死んでゐたのである。

バルセロナの警察は直ちに、出火の原因の調査を開始した。ところで、このドン・マテイヤスなる人物に就いて簡単に説明を試みよう。彼は独身であつた。尤《もつと》も、二度ばかり結婚したことはある。しかし、最初の若い細君はマドリツドから闘牛の一行に随いて来た伊達者のマンドリンに心が迷ひ、闘牛が終つて一行が引揚げるときそれと共に風のやうに消え失せてしまつた。爾来《じらい》、ドン・マテイヤスは名立たるバルセロナの闘牛場にもとんと姿を現さず、人に訊かれるとかう答へたものである。

——わしは闘牛なんて大嫌ひぢや。

二度目の細君は都振りの髪を高く束ね、美しい襟足を大胆に現した衣裳を纏つた美人であつた。ところがこれも、内乱のさなか、ドン・カルロス麾下《きか》の若い士官と意気投合し、ドン・マテイヤスに一言の挨拶も無く行方を晦《くら》ませた。以后、ドン・マテイヤスは只管《ひたすら》ドン・カルロスの敗北を切望し続けた。その念願がやつと適《かな》つて、どうやらちつぽけなイサベルの王位が安泰に落着いたのを見た、と思つたら、その翌年、彼自身黒焦になつてしまつたのである。

出火の夜、ドン・マテイヤスは友人のドン・ファン・ロオペス市長の邸へ遊びに行き、酒盃を重ねながら、三、四日前古本市で競り落した世に一冊しか無いと云ふ書物の自慢話をして頗《すこぶ》る上機嫌であつた。自殺するとか、自ら放火するとか云ふことは些《いささ》かも考へられない。珍本を自慢した、と云ふことから容易にお察しも附くであらうが、ドン・マテイヤスはバルセロナは愚かスペイン全土にあつても稀覯本《きこうぼん》の蔵書家として知られてゐたビブリオ・マニアであつた。珍書を入手すると、一週間は、表紙を撫でたり、頁を翻したり、香を嗅いだり、縦から見たり、横から眺めたり……と限りが無い。それが済むと、特製の書棚へ収めて、日に数度はその前に坐つて限りない満足に耽るのである。彼を捨てた女共も褒めたものではないが、捨てられた責任の一半はこのやうな彼の書物への執着にある、と云はねばなるまい。

と云ふ訳であるから、彼が書物の損失を怖れたのは想像に余るものがあつた。書物が灰になる、と云つたことを考へただけで気が遠くなる筈であつた。幾人かゐる召使も無論主人の性質を呑込んでゐて、間違つても火事を出すやうなことは無い筈であつた。調査の結果、召使達は誰一人、出火の原因を知らなかつたし、また怪しまれるやうな点も無かつたことが判つた。彼等が火に気附いたときは、既に生命からがら逃出すのがやつとで、とてもドン・マテイヤスを救ひ出したり、書庫に駈附けたりする余裕は無かつたのである。しかし一人だけ、当夜邸宅にゐなかつた召使があつた。ヴァレンシア生れの若い男で、当夜、ひそかに密会に抜出してゐた。主人の焼死した夜、自分がゐなかつたことに頗る責任を感じたらしく何ら弁解を試みなかつたため、一時はかなり危険な立場に置かれたが、逢曳の相手の女の証言があつて、助かつた。証言に依ると、彼——ヴアレラと云ふ名の若者であるが——は出火の二時間前から当の相手と囁きを交してゐたのである。

しかし、危険な立場は逃れたものの、彼は更にその后、市長自身から手厳しい訊問と叱責を受けた。亡友ドン・マテイヤスがこんな職務に怠慢な召使を抱へてゐたのは洵《まこと》に遺憾だ、と云ふのが市長の叱責の動機であつた。尤も、それは市長の表向きの動機であつて、実はヴアレラのランデ・ヴウの相手が、かねがね市長自身何とかならぬかと思案中の女と同一人だつたのが判つた結果であつた。ところが、偶々《たまたま》ヴアレラを見掛けた市長夫人が、大いに夫の不粋を窘《たしな》めると云つた気紛れを見せたため、ヴアレラはどうやらそれ以上市長の不興を蒙《こうむ》らずに済んだのである。

ドン・マテイヤスに怨恨を持つ者も見当らず、召使達にも落度は無い、となると、結局原因不明の失火と云ふことに落着かざるを得ない。パイプを咥へて死んでゐたからその火の不始末からだらう、と云ふ者がある。而《しか》もこんな他愛も無い推量が一般に信ぜられるやうになつたりした。市長は書物に陶然とするより、美人に陶然とする方を好んだ。大抵の人間はさうだらう。しかし、バルセロナのみかスペインの書狂連は永くドン・マテイヤスの書庫の焼失を語草とした。ドン・マテイヤスが焼死した翌日、眼の色を変へたバルセロナのビブリオ・マニア連はこんな会話を交した。

――ドン・マテイヤスが焼け死んださうですな……。

――左様、洵にお気の毒なことで……全く、何とも残念至極、惜しいことでした。せめても……。

――せめて、一冊でもですな……。

――御尤もで。実際あの本のことを考へると、悲しさに気も遠くなりますわい。

奇妙なことにドン・マテイヤスの書庫の焼失により、自分の蔵書の価値が増した、と喜ぶ手合も二、三無いことも無かつた。しかし、多くの稀覯本が烏有に帰したのは、多くの者を落胆させた。殊に、アラゴン古文書文庫は虎視眈々と狙つてゐた古文書が焼失したため、その理想の書庫の蔵書量を三分の一ばかり減らさざるを得なかつたのである。この文庫は後年仏人プロスペル・メリメ氏が訪れたものである。因みにメリメ氏はその書簡のなかで、バルセロナを汚い町だと貶《けな》してゐる。

ドン・マテイヤス邸の火事があつてから一ケ月と経たぬ頃である。或る早朝、巡邏《じゆんら》が街路上に転つてゐる死体を発見した。胸に匕首《あひくち》を突刺さつてゐて、一突きにやられたものと判る。懐中に金子が入つてゐるが、手を附けた模様が無い。それから見ると殺すのが目的のやうにも思はれるが、死者がバルセロナ大学教授、温厚篤実なドン・ガルシアと判明して見ると、これも怪訝《をか》しい。先づ、殺されるやうな男ではないのである。

しかし、街は暗い。誤つて暗殺されると云ふことも考へられる。暗殺は必ずしも尠《すくな》くなく、一部の市民の間にはよく行はれた。だからと云つて、紳士の服装をしたドン・ガルシアが、暗い街とは云へ、簡単に間違へられて殺される、と云ふのはよくよくの場合である。

ドン・ガルシア宅を訪れた警官がその死を告げると、夫人は悲鳴をあげて卒倒した。夫人はときにヒステリイの発作に襲はれるが、その他の点では先づ以て夫の名を恥しめない女である。平静に復した夫人の述べた所に依ると、前夜晩くドン・ガルシアは相当の金子を持つて書店に行くと云つて出掛けた。どこの書店かは判らない。帰らないのでひどく心配してゐたが、真逆《まさか》殺されるとは夢にも思はなかつた、と云ふのである。茲《ここ》で警官は注意すべき事実を一つ発見した。即ち、ドン・ガルシアが持つて出た金額は、死体にあつた金よりも迥《はる》かに多い、と云ふことである。当然、書店で書物を買つての帰途、殺され書物を奪はれたと云ふことが考へられるが、警官はこの辺で退却せざるを得なかつた。と云ふのは書物を眼の仇にしてゐるらしい夫人は、突如ヒステリイの発作を起して叫び出したからである。

——出てつて頂戴。本、本、ああ、うるさい。

これは妙な話であつた。夜晩く本を買ひに出る、と云ふのが先づ奇妙である。更に、ドン・ガルシアが現れたと云ふ本屋は、バルセロナ中に一軒も無かつたのである。書店は何《いづ》れも暮鐘の鳴る頃店を閉めて商ひはしない。ドン・ガルシアがそれを知らぬ筈は無い。すると、妙なことになる。犯人はドン・ガルシアを殺して一定の金額だけ奪つて逃げた、と云ふことになる。そんな妙な人間が果してあるものだらうか。

バルセロナの警察は頭をひねつた。解答はとんと得られさうも無かつたが、このドン・ガルシアもまた書狂であつた、と云ふのは明白な事実であつた。……もまた、と云ふのは無論前にドン・マテイヤスがゐるからである。ドン・ガルシアは稀覯本の数に於いてはドン・マテイヤスに及ばぬが、相当の逸品を揃へてゐる、と云ふ点でかなり知られてゐたのである。ところが、ドン・マテイヤスとドン・ガルシアの死を結び附けて考へた者は警察に一人もゐなかつた。一人も――しかし、唯一人新米の警官がそれに眼を附けた。それは嘗《かつ》てドン・マテイヤスの召使であつたヴアレラである。彼は市長夫人の口添へで警官になり澄した。尤もそのため、市長には内密で夫人に対し相応の礼を尽さねばならない。しかし、彼が警官になつたのは、目的が別にあつた。旧主人の焼死がどうも納得出来ない、それを究明してみよう、と云ふのであつた。そこへ、ドン・ガルシアが殺された事件が起つた。ドン・マテイヤスの所に働いてゐたヴアレラは、ビブリオ・マニアなるものをかなりよく理解してゐる。その妙な性癖も承知してゐる。書狂ドン・ガルシアの死を聞いた彼の脳裡に、書物、が明らかに浮び上つた。同時に旧主人の死も、何か書物に関係があるのではないか、と直感したのである。しかし、彼の意見は一笑に附された。牽強附会《けんきやうふかい》も甚しい、と云ふのであつた。

ところで、バルセロナの書狂連は、ドン・ガルシアの葬式が済むと未亡人を慰めるべく訪問した。何れも胸に一物ある連中であつたから、慰めの言葉を述べ終るとさり気無く、

――ところで、御主人は随分本をお持ちでしたが、いろいろと……。

と云つた調子で喋《しやべ》り出す。途端に、夫人は発作を起すと叫ぶのである。

——本、本ですつて？　出てつて頂戴。好い加減のお慰めなんて真平。何て厚顔《あつかま》しいのかしら。豚、豚、ああ、顔を見るとむかむかするわ。

夫人のヒステリイを心得てゐる連中は、これはほとぼりの冷める迄、待たずばなるまい、この次はひとつ首飾でも奮発して土産にしよう、なぞ考へながら三十六計を極め込む訳である。しかし、背後から浴せ掛けられる夫人の捨台詞《すてぜりふ》を聞くと、それがドン・Qであらうと、ドン・Pであらうと、ドン・Sであらうと不思議なことに莫迦《ばか》みたいに立停つて半分口を開いた儘《まま》暫く口も利けない。その捨台詞はかうである。

——本が欲しきや本屋に行くものよ。生憎《あいにく》宅には一冊もございませんよ。みんな売払つたから。

阿呆同然の連中はやがて狼狽して振返ると訊くのである。

——で……一体、どこに……どこの本屋です？　そんな早い奴は？

憤怒に駆られた夫人は叫ぶ。

——早く行つちまへ。気狂《きちがひ》。ドン・ペドロつて云ふ気狂本屋が……。

しかし、連中はそれ以上聞いてゐなかつた。まさに脱兎の如く、ドン・ペドロの店に駈附ける。お蔭でさして広くないドン・ペドロの店先には、眼の色を変へたビブリオ・マニアが肩を打《ぶ》つけ合ふことになつた。

ドン・ガルシアにとつては生命より大切かもしれなかつた書物も、夫人にとつては二束三文のがらくたに過ぎなかつた。当時、御婦人方はとんと読書なぞなさらない。そこで退屈凌ぎの恋愛をするのであるが、貞節なるドン・ガルシア夫人、ドニヤ・ブランカは恋もしなかつた。ところが夫は専《もつぱ》ら、中世に於ける僧院の研究とか何とか云ふ問題に没頭し、また書物に眼が無い。夫人がヒステリイなのも無理からぬことである。ドニヤ・ブランカにとつて書物は寧《むし》ろ眼の仇だつたのである。

だから、葬式が済むや済まずの頃、厚顔しくも本を譲つて頂きたいと申出た本屋の顔を見たとき、夫人は立腹と同時に多年の仇敵を追放すると云ふ快感を覚えぬことも無かつた。持つて行くといいわ、と叫びながら夫人ドニヤ・ブランカは、夫の愛した稀覯本を本屋ドン・ペドロの頭目掛けて手当次第に叩き附けたのである。二束三文に叩き売つたと云つて良かつた。

元来、このドン・ペドロも書狂の一人であつた。そこでドン・ガルシアの所有してゐた書物の裡でも逸品は悉《ことごと》く自分の書庫に蔵ひ込み、眼の色を変へて駈附けた書狂連を大いに落胆させた。そのため、客と店主の間に長い間、掛引が続いて、それでも、日頃は容易に手に入らぬ書物を入手して満更でも無い面持で帰つて行く者もあれば、その裡、いつか口説き落して入手しようと未練気たつぷりに引揚げる者もあつた。しかし、こんな騒ぎの最中、一人の召使風情の若者が店にゐて彼等の一人一人に注意したり、主人との会話に耳を澄したりしてゐたのに気附いた者は一人も無かつた。その若者はヴァレラである。客が帰るとヴァレラは、どこかの邸の召使が主人に頼まれて様子を見に来た、と云つた調子でドン・ペドロと四方山《よもやま》話をした。その話で、店にゐた客の身許を大略知ることが出来た。なかには故ドン・マテイヤスの邸に来て、彼が顔を知つてゐる者もあつたが、先方は書物に気を取られ、召使風情のヴアレラなぞ、全く眼中に無かつたのである。

ところで、この書店主ドン・ペドロに就いて簡単な来歴を説明しよう。グラナダ産の作家アラルコン――詳しくはドン・ペドロ・アントニオ・デ・アラルコン・イ・アリサ、の愛すべき小説「三角帽子」を読まれた方は、その小説の結末に次のやうな数行のあつたことを想ひ出して頂きたい。

……最後に独裁王の死で、愈々《いよいよ》立憲政体が確立されたのを目撃したのであつた。そして（ちやうど七年戦争の勃発したのと時を同じくして）彼等は天国に旅立つたのであるが、併《しか》しその当時既に猫も杓子も冠つてゐたシルク・ハツトを見ても、矢張り何といつても三角帽子で象徴された、懐しい「あの頃」を忘れ去ることは出来なかつた。（會田由氏訳）

ドン・ペドロに就いての説明は、この結末に述べられた年代から始めたい。独裁王と称せられたフエルナンド七世が死んだのは一八三三年のことである。そのとき女王イサベルは三歳の幼児に過ぎなかつたため、王妃ナポリのクリステイナが摂政となる。途端に、王の弟ドン・カルロスが王権を主張して旗を挙げ、王位継承を争ふ七年戦争が始つたのである。

ドン・ペドロは元来、僧侶であつた。内乱の起つた頃はポブラット修道院で神に仕へる生活を送つてゐた。大の読書家であり、また書物を愛して、次第に蒐集に熱中し、修道院内に自分の書庫を造つて愉しむやうになつた。次第に掘出物にも眼が利くやうになり、いつの間にか、相当の文庫の所有者になつてしまつた。尤もなかには、彼が招かれた学者の家とか、富裕な蔵書家の書庫とかから、無断でこつそり頂戴したものも含まれてゐたのである。神に仕へる聖職に在るものが、そんな振舞に出るのは、無論許さるべきことではない。

しかし、ドン・ペドロはこと書物に関する限り、良心の呵責は覚えないらしかつた。珍本を獲た歓びは、そのために犯した罪を忘れさせるに充分過ぎるほどであつた。そんなとき彼が聖マリヤに捧げる祈禱ほど奇妙なものは無い、と云つて良かつた。

——何卒、この罪深き私めをお憐み、お許し下さいませ。けれども、かく罪深き私めに世にも稀なる書巻を恙無《つつがな》くお与へ下さいました御恩寵のほどに、心よりの歓びの感謝を捧げるものにございまする……。

聖マリヤがこの祈禱をどう考へられたか、また神がそれに対して如何なる返答をなされたか、と云ふことは一八三四年に至つて判明した。即ち、その年の秋、ポブラット修道院に数十名の暴漢が襲来したのである。僧侶は多く王党であつたから反対党にやられることは当然、考へられる。とは云へ、そんな乱世のことである。得体知れぬ匪賊《ひぞく》、盗賊共が隊を組み、これ幸ひと暴れ廻ることも、無論考へられる。ポブラット修道院を襲つたのが何者であつたかは、神のみぞ知る、で茲では問題ではない。

門を閉して賊の侵入を防いだ僧は、門が打破られると胸一杯一斉射撃の弾丸を浴び、真先に天国に旅立つた。これを見た他の僧侶達は何れも身を隠すことに専念し、この世の悪魔共に立向はうなんて愚かな真似をする者は一人も無かつた。悪魔共は角灯を振翳《ふりかざ》し喚声をあげて雪崩《なだ》れ込み、地獄の使者らしく、純金と云はれた聖マリヤ像を袋に詰め込むと、それを手始めに恣《ほしいまま》に掠奪を行つた。ところが茲に奇特な心掛の悪党がゐて、ドン・ペドロの書庫を見ると神の返答を代行する心算《つもり》であつたのか、即座に火を放つた。賊が引揚げてから姿を現した僧侶達の消火も及ばず、僧院は四分の三ほども灰になつてしまつたが、無論、ドン・ペドロの書庫なぞ綺麗に消えてしまつてゐた。

ドン・ペドロの受けた精神的な傷手が如何に大きかつたかは、茲に冗説するに及ぶまい。事実、三週間ばかり、彼は書庫のあつた前の焦げた石に腰を降し焼跡を見詰めて暮した。

——ドン・ペドロよ、所詮は返らぬことでござる。この上は只管マリヤ様のお加護を祈るが宜《よろ》しからう。

と同胞の僧が云つても、ドン・ペドロは振向かうともしない。その僧は跛《びつこ》を引いてゐたが、それは逃遅れて左足に一発、弾丸を受けたためであつた。

それから二ケ月ばかり経つた頃、バルセロナの街の一隅にささやかな書店が店を開いた。そこの主人は、なかなかの学者であり、単なる書店主とは違ふ、と云ふ噂が拡つた。それがドン・

ペドロであつた。修道院生活に別を告げ本屋になつたのである。神に仕へる生活も、或は神も、このビブリオ・マニアの魂を救ふことは出来なかつたものらしい。もう一つ、この本屋に就いて云はれることがあつた。それは、買ふことはよく買ふがなかなか売りたがらない、殊に珍本となると容易に手放さない、自分で蒐集してゐるらしい、妙な本屋だ、と云ふ噂である。競売にもよく出掛けて狙つた奴を遁《のが》すことは先づ無い。尤も、金の必要がある場合は切羽詰つて珍本を手放すことがある。それがバルセロナの書狂連には見遁せぬ機会と考へられてゐる。と云ふ訳で一八四〇年頃迄には、ドン・ペドロと云ふとバルセロナの苟《いやしく》も書物に関心を持つ連中には、忘れられぬ名前となつてゐたのである。

さて、ドン・ガルシアが殺されて半月と経たぬ頃、再び殺人事件が起つた。殺されたのは、学士院会員ドン・フランシスコ・デ・ケベエド、と云ふ十六世紀の諷刺作家と同名の男である。この学士院会員はときに辛辣な言辞を弄して相手を凹ます癖があつた。本人は気附かぬが、彼を好《よ》からず思つてゐる者も尠くない、と云ふ評判であつた。

前に殺されたドン・ガルシアは、このドン・フランシスコ・デ・ケベエドの友人であつたが、殺される一年前から絶交してゐた。と云ふのは、一度、ドン・フランシスコ・デ・ケベエドがドン・ガルシアに、

——我が親愛なる友、ロシナンテよ。

と呼び掛けたからである。温厚なドン・ガルシアは甚だ立腹したらしく絶交を宣言した。成程、さう云はれて見るとドン・ガルシアの顔には、どこか、かの愁顔の騎士なるドン・キホオテ・デ・ラ・マンチヤの愛馬の面差が見られぬことも無い、と云ふ専らの評判であつた。しかし、ロシナンテと呼ばれた教授も、呼び掛けた学士院会員も、二人ながら相前后して殺されてしまつた。後者は、矢張り胸に匕首を打込まれ、河に浮いてゐたのである。

敵の多い、と云ふこの人物に就いて警察は綿密な調査を行つたが、誰一人、ドン・フランシスコを殺さうと迄の怨恨は抱いてゐなかつた。また敵と目される人びとと雖《いへど》も、誰一人嫌疑を掛けられるやうな立場にあつた者は無かつた。捜査は頗る困難と思はれた。

ドン・フランシスコ・デ・ケベエドは家庭でも幸福な男とは云へなかつた。屍体が発見された朝、警察が報告に赴くと、夫人ドニヤ・クリスティナは裏口からこつそり粋な若者を送り出して警官の前に現れたのである。

——奥様、洵に悲しいお知らせを持つて参上した本官を……。

と警官が報告し始めると、夫人はみるみる蒼褪め、危く仆《たふ》れ掛つたので警官は急いで支へねばならなかつた。夫人は直ぐ立直ると美しい眼から涙を流し、胸の挿したばかりの紅い花を抜くと両手でくしやくしやにしてしまつた。しかし、この動作は彼女が舞台で行つた演技が無意識の裡に出て来たのに他ならなかつた。夫人は嘗て、バルセロナの劇場の女優だつたのである。尤も警官が、この悲嘆に暮れた美しい夫人に、更に一層同情したのも無理は無かつた。

夫人は警官の問に、何ら手掛となる答を与へられなかつた。夫ドン・フランシスコがどこへ出掛けたかさへも知らなかつた。死体には若干の金子が残つてゐたが、その他にも持つてゐたかどうか、それも知らなかつた。しかし、次の夫人の言葉は多少警察の注意を惹いたのである。

——あたしが主人に就いて何も知らないのを咎めて下さいますな。あのひとは本気狂で、あたしのことなんか、ちつとも構はないんですからね。

奇妙なことに、このドン・フランシスコ・デ・ケベエドもまた書狂の一人だつたのである。ノヴエラ・ピカレスカ、即ち悪漢小説の愛好者であつて、「ラサリイリヨ・デ・トルメス」他、泥棒小説の初版本は悉く持つてゐると称して他の連中を煙に巻いたりしたこともある。半月の間に、書狂が相次いで二人も匕首で刺された、となると警察もこれらの殺人に書物が重要な鍵をなしてゐると本腰で考へざるを得なくなつた。そこへ、ヴアレラが重大な報告を齎《もたら》した。ドン・フランシスコの死体が発見された前夜、任務で巡回中のヴアレラはドン・フランシスコを街で見掛けたのである。見掛けたばかりではない。話を交しさへした。死んだ学士院会員は故ドン・マテイヤスの知人で、細君に逃げられた故人を諷した短詩を作つたりしたことがあつたし、ドン・マテイヤス邸にもときをり現れたこともあつて、ヴアレラも知らぬ人ではない。そこで立停つて挨拶すると、莫迦に上機嫌らしいドン・フランシスコは拇指《おやゆび》を立てるとかう云つた。

——此奴に気を附けろよ。縄は何本もあるが、生憎、首は一つだからな。色男君。

拇指が市長を指すことに、ヴァレラは直ぐ気が附いた。自分と市長夫人との関係をドン・フランシスコ迄知つてゐるやうでは少々気を附けぬと危い、ヴァレラは些か気味が悪くなつたが、努めて快活を粧つて答へた。

――なあに、若い美人が待つてますよ。

――ふん、両手に花か。悪かないな。だが、お前は聖書のヨセフの物語を知つてるだらうな。市長夫人にも適当に色眼を使はんと危いぞ。左様、イギリスにもこれを捩《もぢ》つた物語があつて作作者はフヰイルデイングとか云ふ男だ。悪漢小説を書いてるが、ノヴエラ・ピカレスカと云へば、何れもこれ、我がスペインの亜流に過ぎん。

――なかなか、御機嫌でございますな。

――ふん。ドン・マテイヤスの召使だつた男だからには、欲しい本が手に入つたときの嬉しさぐらゐ判るだらう。

成程、小脇に書物を抱へてゐる。それから二人は右左へと別れたが、ヴァレラは突如或る予感を覚えた。こんな夜晩く、どこの本屋で本を買つたのか。本屋でないとすれば……しかし、彼の脳裡に閃いたのは半月ばかり前に殺されたドン・ガルシアのことであつた。急いで相手の跡を追つたが、もう見附からなかつた。

このヴァレラの報告――尤も自分に不利な点は除外したのであるが――に捜査陣は、書物に重点を置くことに一致した。しかし、事実は五里霧中であつた。ドン・ガルシアの死と関聯して次のやうなことが考へられた。第一に、二人ながら書狂であつたこと。第二に、二人ながら夜分晩く本屋に行つた、若《も》しくは行つたらしいこと。第三に、二人共匕首で殺されてゐるが持金は盗られてゐないらしいこと。第四は、

――死体には何れも書物が無かつたことです。

と云つたのはヴアレラである。殺されたとき学士院会員は小脇に持つてゐた本を落したに相違無い。死体と一緒に本を拾つて河に投込むことは先づあるまい。而るに、現場に本は無い。誰かが持つて行つたと思はれる。殺した男が持つて行つたとしたらどうであらうか。――成程、それも一理ある。しかし、殺して迄書物を奪ふやうな奴があるかね？　と云ふ言葉に、ヴアレラは続けてかう云つた。

――ドン・ガルシアも書物を持つてゐた筈です。家を出るとき持つてゐた金と、死体にあつた金との差額は本を買つたことを意味しませんか？　それが無いのは奪はれたことを意味しませんか？

これも一応尤もと思はれたが、余りにも直感的過ぎると云はれた。大体、ドン・ガルシアはどこの本屋にも現れなかつた筈である。しかし、ヴアレラはドン・フランシスコが現れた本屋を見出すべく、バルセロナ中の書店を一斉に調査することを提案した。これはヴアレラが云はずとも、即刻実施される筈であつた。同時に、ヴアレラは丹念に作り上げたバルセロナの書狂のリストを提示し、そのリストに載つてゐる連中の当夜の行動を調査して欲しい、と申出た。

それは彼が書店に出入りして作製したものであつて、そのなかには殺されたドン・フランシスコ・デ・ケベエドの名も入つてゐたのである。つまり、ドン・ガルシアが殺された后直ちに、ヴァレラは自分の確信する方向に向つて進んでゐた訳であつた。そのヴァレラにとつての大失策は、夜分本を抱へたドン・フランシスコに会ひながら、市長夫人とのことを云々されたため、うつかり絶好の犯人探知の機会を遁し、剰《あまつさ》へ、ドン・フランシスコをあの世へ旅立たせてしまつたことである。

そこへ市長ドン・ファン・ロオペスが顔を出した。市長は鹿爪らしい顔で犯人逮捕の速かならんことを要望し、警察の怠慢を非難した。バルセロナの代表的な知識人が二人迄も匕首で刺されたとは、警察の不行届と云ふ他何も無い。遺憾千万である。此上は出来るだけ早く犯人を挙げるのがせめてもの罪滅しである、と云ふのである。それからヴァレラを横眼で睨むと、

——能無しの若僧ばかり多いせゐかもしれん。

と云つて引揚げて行つた。市長がそんなことを云ひに警察に来たのは前例が無いことであつた。しかし、市長がそのやうな振舞に出たのは、ドン・フランシスコ・デ・ケベエドの夫人の涙ながらの訴へに感動したために他ならない。尤も夫人ドニヤ・クリステイナの方は、兎角《とかく》の噂の立つ自分が夫を殺した犯人逮捕を市長に願出ることに依つて、幾らかでも世間態を好くしたい、と思つたのである。

警察の手はバルセロナ中に拡げられた。書店は虱潰《しらみつぶ》しに調査されたが、洵に奇妙なことに、

当夜ドン・フランシスコが現れたと云ふ本屋は一軒も無かつた。また、彼を見掛けたと云ふ者も無かつた。更に、ヴアレラのリストに載つた書狂連に就いて調べても、当夜の行動に怪しむべき点のある者は一人も無かつた。誰一人、学士院会員と会つてゐないのである。況《いは》んや当夜、彼に書物を売つたとか贈つたとか、掠め取られたと云ふ者は一人も無い。これは頗る奇妙なことと思はれた。

——しかし、少しも奇妙ではありません。

とヴアレラは云つた。

それから半月ばかり経つた或る日のことである。市長邸の前を通り掛つた彼に、市長夫人の小間使が一通の手紙を渡した。ヴアレラは浮ぬ顔でそれを読んだ。二度ばかり夫人の申出をすつぽかしたので、夫人は相当機嫌が悪いらしかつた。今夜……と書いてあつてその次に、もし約束を破るならお前が主人の家に放火した男だと云つてやる、ドン・ガルシアやドン・フランシスコを殺したのもお前だと云つてやる、と書いてあつた。ヴアレラは思はず苦笑した。とは云へ、それは笑つて済せることではない。他ならぬ市長夫人の言葉とあれば、真偽は兎も角、一応ひどい目に遇ふ危険がある。更に市長がどんな仕打に出るか判つたものではない。ヴアレラは首の辺りに思はず手をやつて歩き出した。

その夜、バルセロナの街にはいつものやうに乞食風態の男とか、マンドリンを持つた伊達男の姿が見られた。晩鐘が鳴つてかなり経つた頃である。或る街角迄歩いて来た黒い人影が不図《ふと》小暗い露路に消えた。すると、近くにゐた乞食が矢張り同じ露路に這入つて行つた。小一時間も経つた頃、先に這入つたと思はれる男が、小脇に何やら抱へて出て来た。するとマンドリンを抱へた男が、どこからともなく現れてその後から鼻唄なぞ歌ひながら歩いて行く。殆《ほとん》どそれと同時に、露路から一人の男が出て来た。それは、先刻の乞食ではないやうである。速い足取で、先に行く男の後を随いて行くのである。マンドリンの男を間に挟んで、三人の男が、知つてか知らずか、同じ道を歩いて行く。すると突然、一軒の暗い建物の前でマンドリンを鳴らしてゐた男が三番目の男の通り過ぎるとき、弾く手を止めて声を掛けた。

——旦那、一曲いかがでせう?

云はれた方はちよつと立停らうとしたが、一瞬再び急ぎ歩く恰好になつた。そのとき、男はいつの間にか、数人の薄汚い浮浪者達に取囲まれてゐた。

——何だ、お前等は?

——バルセロナ警察の者だ。

と、云つたのはマンドリンを持つたヴアレラである。引掛つた男は、本屋のドン・ペドロであつた。所持品を調べると、匕首が一振り、と僧衣が一着あつた。

一方、先に歩いて行つた男、ドン・ペドロから本を買つて帰つた男、ドン・ペントウウラ・カロは自宅迄尾行して来たマンドリンを持つた警官にかう云つた。自分はかねてから或る一軒の書店に欲しい本があつた。長い間執拗に喰下つてやつと売ると云ふ返答を得た。れ今夜はそれを買ひに行つたのである。他にも欲しがつてゐる者が多いため、その連中に悪感情を抱かせぬやう秘密に譲りたい、と云ふ先方の申出があつたのを諒《りやう》として出向いたのである。入手出来て非常に嬉しいが、君のやうな者に訊問されたのは洵に不快である、云々、と。その本の値を聞いた警察官は啞然とした。彼が何年、何十年警官をやつて貰へる額か、見当が附かなかつたからである。

捕へられたドン・ペドロは飽く迄身の潔白を主張して引かなかつた。匕首は前二回の殺人に用ゐられたものと違つてゐて、自衛のため所持してゐたと云ふ。僧衣は――この点に就いて彼の申立は曖昧であつたが、別に重要な証拠とはならなかつた。他方、ドン・ペドロの店が徹底的に捜査された。使用人を一人も置かぬドン・ペドロの私生活は誰も知らなかつた。そのため、この捜査には多少の好奇心も手伝はぬことは無かつた。ヴアレラのリストに依り三名の書狂が撰ばれ、店の調査に加はつた。ところがその裡の一人が突然奇声を発した。ドン・ペドロの書庫から一冊の書物を高く頭の上に掲げながら飛出して来る。狼狽《あわ》てて駈寄つた連中も、それを見ると同じく奇声を発する。本は、「アラゴン国列王記略」、世に一冊しか無いと云ふ無類の珍本である。陶器のパイプを咥へて焼け死んだドン・マテイヤスが入手し、市長に自慢した筈の本である。ドン・マテイヤスの書庫にあつて共に焼けてしまつたと思はれてゐた本である。それが何故、ドン・ペドロの手許にあるか。玆に至つてドン・ペドロは、神から取戻した魂を書物に売渡したドン・ペドロは顔面蒼白となり、一切を白状したのである。

僧院の書庫を暴徒に焼かれてから、ドン・ペドロの書物への執着は更に激しくなつた。書物は彼の生活の一切であつた。書物にあつてのみ、彼は自分の生命が異常な昂奮と法悦に包まれるのを感ずる。それは彼が、聖なる祭壇の前に額突《ぬかづ》いたときには決して味ひ得ぬ魂の恍惚境である。本屋になつてから、彼は血眼で稀覯本の蒐集に専念してゐた。

さう云ふときに、或る古本市に稀代の珍書が現れた。「アラゴン国列王記略」——世界に一つあつて二つとはあるまい、と云はれる書物である。大抵の者は初めから断念してしまつた。最后迄競り合つたのはドン・マテイヤスとドン・ペドロだけであつたが、額に脂汗を滲ませ蒼白となつて執拗に喰下つたドン・ペドロも到底ドン・マテイヤスの敵ではなかつた。しかし、ドン・ペドロはどうしても諦め切れない。世に一冊しか無い書物、それこそ書物に生命を托した人間の所有すべきものである。

三、四日すると彼はドン・マテイヤス邸に忍び入つた。ドン・マテイヤスは市長宅で聞し召した葡萄酒の酔に陶然として、無類の珍本を愛撫してゐるのである。ドン・ペドロは振向いたドン・マテイヤスの頭上に燭台で一撃を加へた。それから証拠湮滅《いんめつ》を計つて火を放つた。と共に、別に理由は無いが、ドン・マテイヤスの口に卓上のパイプを押込んだ。瞬間、死んだドン・マテイヤスがパイプをがりがりと嚙る音がした。それを聞くと、ドン・ペドロは激しい恐怖に襲はれ一目散に逃出したのである。ドン・マテイヤスの邸宅が燃え上る焔は、ドン・ペドロに、世に一冊しか無い書物の所有者たる満足と歓喜を燃え上らせる焔でもあつた。

ドン・ガルシア、竝《なら》びにドン・フランシスコ・デ・ケベエドを殺したのもドン・ペドロだが、冗々《じょうじょう》と説明するのは避けよう。第一の殺人の成功は彼に勇気を与へ、経験を教へた。彼はドン・ガルシア所有の珍本と交換で自分の本を売る約束をする。実は売りたくないのである。しかし、相手の本も欲しい。昼間、書物を持つて来たドン・ガルシアに、ドン・ペドロは一計を案じ夜来るやうに云ふ。他の連中に知れると恨まれるから、二人だけの内密の取引にしたい、と申出る。相手はドン・ペドロの好意を有難く思ひ、この后も旨い取引が出来るかも知れぬと喜ぶ。そして夜、匕首を持つて待つドン・ペドロを訪れるのである。ドン・ペドロは後を随《つ》けるとき僧衣を用意した。殺人を犯した后、僧衣を纏つて帰るためである。それは至極安全な通行券と云つて差支へない。

そればかりか、殺したドン・ガルシアの蔵書迄入手した。それはかなり危険なことであつた。しかし、かねてドン・ガルシアの話を聞いてゐたため、入手したいと云ふ欲求を制御出来なかつたのである。夫人がヒステリイだつたのは幸ひであつた。只同然の値で手に入れたのである。学士院会員の場合も同じである。殺したドン・フランシスコを河に投込んだのは、多少趣向を替へようと云ふ試みに過ぎない。ドン・ペントウウラ・カロは危く一命を拾つた。しかし彼は目的の本を入手出来た歓びの余り、危く殺される所だつた筈の危険のことなぞ一向に気に留めなかつた。

ドン・ペドロは一切の犯行を認めたが、多くは口を緘《とざ》して語らなかつた。後悔の様子は些少《ちつと》も見られない。ときに苦痛の色を浮べることがある。それは残して来た書物を想ひ出すためであつた。

ドン・ファン・ロオペス市長がドン・ペドロ逮捕の報を受取つたのは、丁度夫人と食卓を囲んでゐるときであつた。夫人はひどく御機嫌斜めであつた。市長は前夜ドニヤ・クリスティナの家で遅く迄話し込んだことを、細君がどうして知つてゐるのだらう、と内心びくびくものであつた。そこへ召使が、警察の方が見えたと取次いだ。立上つた市長の背後から夫人が呼び留めた。

——貴方。

市長は多年の習慣でひよいと首をすくめて夫人を振返つた。本来ならその頭の上を、皿が一枚掠め飛ぶ筈であつたが、意外なことに夫人は何も投附けなかつた。のみならず、その言葉は更に意外であつた。

——ドン・マテイヤスのお宅の召使だつた警官がゐたわね。何と云つたかしら……?

——ヴァレラか。

——さうさう、ヴァレラ。あれを吊すといいわ。主人の家に火を付けたのも、ドン・ガルシアやドン・フランシスコを殺したのもあの男よ。おまけに、何て失礼かしら、いつぞやはこのあたしに失礼な真似を仕掛けたんですからね。

市長はちよつと考へた。彼は自分がびくびくする必要の無いのを感じた。彼は突然鷹揚な身振をしながら、夫人からヴアレラの犯罪の証人がゐると聞くと出て行つたが、帰って来たときは莫迦に嬉しさうであつた。市長は大急ぎで料理を平げながら夫人に云つた。

——捕つたよ。犯人が。ドン・ペドロと云ふ本屋さ。ヴアレラって云ふ奴は犯人を捕へるのに大手柄を立てたさうだよ。だが、わしはヴアレラをとつちめる。わしの家内に怪訝な真似をした奴をな。それにお前も……。

市長は勿体振つた顔附になつた。

——お前も今后は余り偉さうな顔は出来んね。

途端に床に皿が落ちて砕けると、夫人はつと立つて出て行つた。市長も立上るとシルクハットを取り、急ぎドニヤ・クリステイナの許へ犯人逮捕の吉報を伝へようと扉口へ向つた。そのとき召使が一通の書状を持つて来た。浮浪人が持つて来たと云ふのである。急いで開くと、かう書いてあつた。

かねて頂戴した侮辱に対し、本来なら短刀を差上ぐべき筈のところ、美しき夫人に免じて、ドン・ペドロを逮捕して差上ぐる次第。この恩恵を永く忘れること勿れ。

最后に、ヴァレラと署名があつた。市長は頗る立腹したが、その頃ヴァレラは既に市長の手の届かぬ道を、生れ故郷のヴァレンシアへと歩いてゐた。数年后、バルセロナ近郊からヴァレンシア一帯にかけ果敢な盗賊の一隊が出没し、その若い首領は俠盗として名を轟かせた。それがヴァレラだと云ふ説があるが、余談である故、茲では触れない。

ドン・ペドロは犯行を認めた。しかし、弁護士は絶対と思はれる証拠、即ち、「アラゴン国列王記略」を覆《くつが》へすことに専念した。ドン・ペドロの弁護士ドン・アントニオは彼もまた書狂の一人であり、嘗てドン・ペドロの店先でちよいと一、二冊失敬したことのある男であつた。そのため、でもあるまいが彼の熱の入れ方は非常なものであつた。その結果、ドン・アントニオは唯一絶対と見える証拠を引繰り返すに足る反証を摑んだのである。

と云ふのは、熱心な調査の結果、例の世に一冊しか無い筈の本が、実はルウブルにも一冊ある、と突留めたのである。ルウブルにもある、と云ふことはまだ他にもあるかしれぬ、と云ふ仮定を引出すに充分な理由となる。無い、とは云へぬのである。さうなると「アラゴン国列王記略」も証拠としては頗る不満足なものになる。その価値を失はねばならない。ドン・マテイヤスが入手した本は一緒に焼失したと考へても差支へなくなる。ドン・ペドロの持つてゐたのは、別の一冊と考へても些かも荒唐とは云はれない。

この反証は法廷に多大の動揺を与へた。人びとはこのドン・アントニオの驚くべき反証に、ドン・ペドロが如何なる反応を見せるかと、鳴をひそめて注目した。ところが、ドン・ペドロは顔面蒼白になり、頭を抱へると泣き出したのである。意外のことに法廷には軽い騒めきが起つたが、ドン・ペドロは頭を抱へた儘、泣き続けてゐる。これを見てゐた法官は、やがてかう云つた。

——どうだ、被告ドン・ペドロよ。どうやらお前はいまになつて、自分の犯した罪の怖しさに気附いたやうだな。良心の呵責に堪へ切れなくなつたと見える。お前が泣き苦しむのはよく判る。お前はいまやつと自分の犯した罪がどんなものであつたか判つたのだ。

この言葉を聞いたのか、聞かなかつたのか、ドン・ペドロは蹌踉《よろめ》き立上ると泣き濡れた蒼い顔を上げ激情を押へ兼ねるやうな声で叫んだのである。

——さうです。私は莫迦だつた。ああ、さうだつたのか、他にも、他にもあの本があつたのか。あの本が、私が世に一冊しか無いと思つて手に入れた本が……。

一八四一年、ドン・ペドロは絞首台に吊されてその一生を終つた。四十七歳であつた。

〔1949（昭和24）年「文学行動」4月号 初出〕

ペテルブルグの漂民

一七一四年八月、在ペテルブルグ露国日本語学校初代教授ガブリエル・デンベイが死んだため、助手のニコライ・サニマが教授に昇格した。尤も、ニホン人と云へばサニマ一人しかゐないから、昇格した、と云ふよりは寧ろ、否応無く教授に成つてしまつた、と云つた方がいいかも知れない。サニマがペテルブルグに送られて来たのは一七一一年のことであつたから、既に三年経過してゐる訳である。

明治十七年外務省の「外交志稿」にはアメリカ人の著書「日本人漂流記」を参照し次のやうに記してある。

中御門天皇宝永七年（西暦一七一〇年）我船一艘露西亜国東察加《カムチヤツカ》の海岸カリジアン湾に漂着す、土人と争闘し四名を失ふ、露国官吏其余六名を彼得堡《ペテルブルグ》に送致す。

しかし、事実送られたのはサニマ一人であつた。また、生存者は六名ではなくて四名であつたらしい。何故ならクラミエニンニコフの「カムチヤツカ誌」には、一七一〇年カムチヤツカのボブロウオエ海岸の土人を討伐したカザツクの隊長チリコフは、土人の虜《とりこ》になつてゐた四名のニホン人を救助した、と云ふ記事があるからである。

当時ヤクウツク庁は政府の命を受けカムチヤツカ、ニホン、クリイル（千島）等の調査探険に力を注いでゐた。だから、ニホン人を得たことは彼等にとつて頗る歓ぶべきことであつた。

事実、探険隊の一行は后にその四名のニホン人からニホン、クリイルに関する地理的知識を得ることが出来た。同時に、ニホン人を救助したことにはもう一つ歓ぶべき理由があつた。と云ふのは、それ以前よりペテルブルグから「ニホン漂民あり次第、至急送れ」と云ふ指令が来てゐたからである。ニホン語学校の教師が唯一人では、万一、死なれた場合後継者に困る、と云ふ理由からであつた。

ところでヤクウツク庁では、四人のニホン人の裡、誰をペテルブルグに送るべきかに就いて大いに困惑した。四名はまだ漂着して日も浅く、ロシヤ語も殆ど解さない。無論、ニホン語はロシヤの役人の方で、とんと知らない。そこで、役人は何やら、身振手振で、遠いペテルブルグに行つて学校の教師になると云ふことを説明したあと、

——お前等の裡行く者は無いか？

と訊いた。ところが四人とも莫迦に嬉しさうに笑つて頭を下げたので役人は当惑した。生徒が三人しかゐないニホン語学校には、一人送るだけでいいのである。探険隊にも数人のニホン人が必要なのである。そこで役人は首を振つて、指を一本立てた。つまり、一人で宜しいと云ふ意味である。すると、四名のニホン人は何やら困つたやうな悲しさうな表情になつて、互に顔を見合せた。それから、役人には些かも判らぬ言葉で、ぼそぼそ相談を始めた。その言葉が役人に判つたとすれば、役人は驚き呆れる筈であつた。ニホン人達はこんな意味のことを話し合つてゐたのである。

——一体、何の因果でこんな辛い目に遭ふのだらうか。

——四人は駄目で一人となると誰にすれば良いやら。

——それはみんな帰りたいからな。

——どうぞ四人共帰して呉れるやうにお頼みしようではないか。

つまり、ニホン人は役人の説明を、遠いニホンへ帰してやる、と云ふ意味に解釈してゐたのである。それが一人しか帰してやれぬ、と云はれたと思つてひどく悲観してゐるのであつた。ところで、ニホン人が悲しさうな顔でいつ迄も相談してゐて限りが無いのを見た役人は止むを得ずかう云つた。

——宜しい。当方で撰ぶ。

さう云ふと四人の裡で一番身体の大きな男を指した。四名はヤクウツク庁に送られるとき、カザツクの服を貰つて着てゐた。他の三人には大き過ぎるその服も、その男にはさまで大き過ぎるとも見えない。指されたとき、その男はひどく嬉しさうな表情をしたものの、直ぐ、当惑したらしく三人を顧みた。見たところ、年も一番若いらしい、丸顔の温和《おとな》しさうな男であつた。これが、サニマである。サニマは両親が無く叔父の家で育てられた。その伯父と船に乗つて出て漂流してしまつたのである。だから彼は、自分の替りに叔父を——と云ふのは叔父なる男が四名の裡の一人だつたからであるが——帰して欲しい、と役人に懇願した。

しかし、陶器のパイプで烟草《たばこ》を吹かしてゐた役人に、ニホン語が通じないのは謂ふ所の馬の耳に念仏の類である。委細構はずサニマをペテルブルグに送り届けることにした。サニマはペテルブルグに到着する迄、ニホンに送り返されてゐる途中にある、と錯覚してゐた。だから、露都に着き、そこで意外にも一人のニホン人に会ひ、そのニホン人、即ちデンベイ先生から我身の行末を聞かされたときには口をぽかんと開けた儘、暫く、阿呆のやうな顔をしてゐた。それから声をあげて泣いた。

——欺された。欺されてこんな所へ連れて来られた。

と云つて、サニマは泣いた。しかし、これは昂奮の挙句、さう思ひ込んだだけで、事実はサニマの方が勘違してゐた訳である。

因みに、サニマと別れた残りの三名のニホン人はどうなつたかと云ふと、彼等は一七一三年イワン・コズイレフスキイがクリイルを探険したとき、その案内役として活躍した。イワン・コズイレフスキイは先に、ダニラ・アンツイフエロフと共に上官であるカムチヤツカ長官を殺した男である。しかし、非常に勇敢な男であつたため、ヤクウツク庁は却つて彼等を逆用し、贖罪のためとして土人討伐に向はしめた。このとき、コズイレフスキイはクリイルの北部の三島を踏査し、前記の三名のニホン人や土人の助力を得てマツマヘやニホン北部迄包含するクリイル列島の地図を作製した。この三名のニホン人のその后のことは皆目不明である。

教授に昇格したとき、サニマは既にニコライと名乗り、ソフイヤと云ふ細君との間に、アンドレイ・ボグダノフと云ふ男児すら設けてゐた。つまりペテルブルグに送られて来た翌年、即ち一七一二年、彼は帰化洗礼を受け、またソフイヤと結婚したのである。

これは、ロシヤの役人側の差金があつたのが原因となつてゐる。前にデンベイ先生が強度のホオムシツクに罹つて様子が怪訝しくなつたのを承知してゐる役人は、サニマがさうなる前に先手を打つて落着かせようと考へたのである。また、このために、デンベイやその他の連中がサニマに忠告したのも預つて力があつた。役人から話を聞いたデンベイ達は、その案を至極妥当のものと見做《みな》し、サニマにかう云つた。

——いまに帰れる、いまに帰れる、と思つて暮してゐても、結局、帰れずに終ることだらう。それよりは、早く、帰心を捨てて、ロシヤ人になつた方が宜しからう。聞けばお前には両親も無いし、妻子もをらぬ。何処でも、住めば都よ故郷よではないか。

この忠告に、サニマは案外簡単に同意した。現に十五年もロシヤにゐて帰れないデンベイを見てゐるから、納得も早かつた訳であるが、一つにはサニマが暢気な性質だつたためもある。しかし、サニマが意外にも容易に同意したときには、忠告したデンベイは些かもの足りぬ気がしないでもなかつた。何しろ、デンベイが十三年間も煩悶した結果辿り着いた心境に、サニマは一日か二日で到達してしまつたからである。

サニマの細君になつたソフイヤはデンベイの女ヴアシリイサの姪であつた。だから、それ迄もときどき、ニホン人と同棲してゐる叔母を訪ねて来る。そこにサニマもゐることがある。ソフイヤが来ると、サニマは横を向いて一言も喋らなかつた。話し掛けられると、赧《あか》くなつて俯いて困惑の態であつた。そこで、かねがね、ソフイヤとサニマを夫婦にしようと目謀《もくろ》み、役人にも推薦してゐたヴアシリイサは少々、疑問を持つに至つた。

——サニマはソフイヤが嫌ひなのではないか？

しかし、これを聞いたニホン人デンベイはかう答へた。

——否、サニマは恥しいのである。多分、サニマはソフイヤが好きだらう。

尤も、サニマ自身は、好悪も判らぬほど困惑してゐたに過ぎない。洵に奇妙なことであるが、ソフイヤを二、三度見掛けて以来、それ迄余り進歩を見せなかつたサニマのロシヤ語の力は急速に進歩した。サニマは嘗てデンベイにロシヤ語を教授した親切なロシヤ人に就いてロシヤ語を学んでゐたが、この急速な上達にそのロシヤ人はひどく驚いて云つた。

——まさに奇蹟である。

これは些か誇張の感があるが、それほどサニマのロシヤ語は進歩したのである。同時に、サニマはデンベイからニホン語の読み書きも習つた。と云ふのは、サニマは余り字も読めず、また書く方も頗る不得手であつたから。サニマとソフイヤは「合意の上」結婚した。二人は一七一二年二月に結婚し、翌年の一月には父親母親になつた。ソフイヤは腰周りが二抱へ以上もあるやうな叔母ヴアシリイサと異つてどちらかと云ふと瘦せた小柄の女で、灰色の眼を持つてゐた。温和しくよく働く女で、夫婦仲は極めて円満であつた。この点、サニマは幸福であつた。

尤も、一度——夫婦生活に於いて、唯一度と云ふことは有り得ない、これは一例を挙げるだけのことである——夫婦仲がちよつと不味《まづ》くなつたことがある。それは、サニマが娼婦のスカアフを家に持帰つたからである。サニマはニホン語学校の帰途、ときをり、ペテルブルグの街をあちこちぶらついて帰る癖があつた。最初は、お上りさん宜しく、きよろきよろ物珍し気に見て歩いた。その裡に、それが習慣になつて、今日で云ふ「散歩」をして帰るやうになつた。ところが或る日、娼家の前を通り掛ると、三階の窓から、通を覗いてゐた一人の遊女が、

——スダフストエ。

と云つた。サニマが吃驚《びつくり》して振仰ぐと、一人の遊女が嫣然《えんぜん》と微笑してゐるのである。狼狽して四囲を見廻したが、他には誰もゐない。するとその恰好が可笑《をか》しかつたのか、彼女は声を立てて笑ふと絹のスカアフをひらりと落した。ところがサニマは女が過つて落したと勘違して、拾ひ上げると暫く待つてゐた。しかし、女の顔は窓から消えた儘、いつ迄経つても現れない。それで、娼家の入口に行つて、そこにゐた者に、怖る怖る覚束無い調子で説明したところ、大笑するだけで相手にしない。止むを得ず、家に持つて帰つた所が、ソフイヤが立腹したのである。

——自分は決して疾《やま》しくは無い。

とサニマが陳弁これ努めてゐる間、ソフイヤは、腰に両手を当て胸を反らして聞いてゐた。その細君のふんぞり返つた姿勢に、サニマは悉皆《すつかり》度胆を抜かれ、何やら、遠いニホンへ帰りたい気がしないでもなかつた。ソフイヤのそんな恰好は、彼女が子供の時分から見憶えた彼女の

母親のよくやるものであつた。父親がへまをやると、母親は必ずそんな恰好をする。そこでソフイヤはニホン人の亭主の前で、見憶えた恰好をやつてみたのである。

しかし、前にも云つたやうに夫婦仲は極めて円満で、ために、アンドレイ・ボグダノフを産んでから引続き、六人の子供を産んだほどであつた。デンベイが死んだときヴアシリイサは、

——自分にも子供があればどんなに良かつたらう。

と、羨しがつた。また、デンベイに死なれ淋しくもあり、退屈でもある彼女は、肥つた腹を揺すりながら、

——もしまた、ニホン人が来たら、自分はもう一度、ニホン人と一緒に暮してもいい心算でゐる。

と云つたりした。デンベイの死んだとき、彼女は三十七歳であつた。しかし、生憎、彼女の念願は適へられずに終つた。何故なら、彼女は四十五歳で死んでしまつたが、第三回目のニホン漂民がペテルブルグに送られて来たのは、それから更に九年后の一七三一年だつたからである。だから、もし生きてゐたとすれば、五十四歳である。五十四歳にして尚且つ、ニホン人を抱擁する元気があるかどうか、それは些か疑問であらう。

ところで、サニマ教授であるが、彼は教授として頗る無能であつた。大体、教へると云ふことが性に合はなかつた。それに伴ふ責任感の如きも、極めて稀薄であつた。しかし、毎日、石造の役所にあるニホン語学校へ出勤した。休講と云ふことは殆ど無い。その点、なかなかの精

勤振であつた。教へ方の形は、助手をしてゐる間に、先輩デンベイ先生のを見聞してゐるから、それを踏襲したが、直ぐつまらなくなつて、

――タバコを喫めよ、はタバコゴオレのことである。

とか云つて、ペテルブルグで購《もと》めた烟管《きせる》ですぱりすぱり烟草を喫んだりした。最初は、生徒の方も少々呆気に取られたが、何しろ、デンベイ先生以来、九年以上もニホン語をさしたる変化も無く教へられ続けてゐるのである。大分、草臥《くたび》れてゐる。そこで、次第に、サニマ先生の教授法に同調して、生徒も烟管やパイプで烟草を吹かすやうになつた。生徒も、最初は十七、八の若者だつたが、もう見事な髭《ひげ》を蓄へたりしてゐた。而も、彼等は棺桶に入る迄ニホン語学校学生たるべしとの義務を負はされてゐるのである。

――ウイナ、ウイナ、ビイ、とはニホン語で、酒をあがれと申す。

と、サニマが教へた。かと思ふと、

――テレシヤアニヤ、ゴロン、オコニ、バチユシカ、は地震、雷、火事、親爺と申して最も恐しきものなり。

と云つたりして、洵に取留無かつた。しかし、サニマはいつも頗る長閑《のどか》な表情をしてゐた。それは良く云へば、愛嬌のある暢気者の表情であり、悪く云へば、ちよいとどこか足りない風情の顔でもあつたが、そのため、サニマの教授には何やらユウモラスな雰囲気が漾《ただよ》つた。

その裡、サニマ先生は、生徒の持参したトラムプやチヤアシカ、つまり象棋に興味を持つや

うになつた。

――本日はこれ迄。

と云ふと、授業を打切り、生徒とトランプをやつたり、象棋を戦はせたりした。勝つことは殆ど無く、その上達の遅いことは呆れるばかりであつた。しかし、負けても別に口惜しがりもせず、何遍もやつた。そんなときは、ときどき烟管を用ゐる替りにポロシカを用ゐた。これは烟草の葉を粉末にしたもので、鼻孔に少しばかりひねつて入れて吸ふ。すると嚔《くしやみ》が出て気が晴々とするのである。

しかし、何れにせよ、サニマは露国日本語学校に益するところ頗る僅少と云つて良かつた。寧ろ、学校設立の目的からすれば、プラスするものよりマイナスの方が多かつたと云へよう。ヤクウック庁の役人は人選に途方も無い誤ちを犯したのであつた。とは云へ、ニホン語学校は至極、泰平であつた。ときに、管轄する元老院から視察に来ることがある。そのときが、サニマ先生にとつては何よりも怕《こは》かつた。視察には、ときとすると七、八人もお偉方が来て、先生と生徒併せた四人より多いこともあつた。腕を組んだり、髭をひねつたりしてゐるお偉方をなるべく見ないやうにして、サニマ先生は矢鱈《やたら》にニホン語を喋つた、そのときは心臓が激しく動悸を打つて声が掠《かす》れるやうな気がする。しかし、生徒の方は心得たもので、判らなくても判つた振りをしたり、何を訊かれたか判らぬのに、勝手な返答をしたりした。無論、お偉方は一人としてニホン語を知らない。

――洵に結構である。

――大いに進歩しつゝあつて歓ばしい。

と云ふやうなことを云つて帰つて行つた。さう云ふ場合でも、サニマの顔は一見暢気さうに見えた。そのためかどうか、サニマは多くのロシヤ人に好意を持たれた。ピヨトル帝もサニマに好意を寄せたのである。

サニマがピヨトル帝に引見されたのは、デンベイが死んで教授になつて直ぐである。尤もその頃迄、ピヨトル帝はスヱエデンとの戦争でペテルブルグにゐなかつた。ロシヤ艦隊がペテルブルグに勝利の入港を行つた后のことで、ピヨトル帝は多忙であつた。そのため謁見は極めて短時間の裡に終つた。

――お前は大きいな。

と、最初サニマを見たとき、ピヨトル帝は笑つてさう云つた。

――へい。

とサニマは云つてお辞儀した。サニマはピヨトル帝の言葉には、何れも、へい、とニホン語で答へた。臆してロシヤ語が出なかつたのである。退出の前、ピヨトル帝はサニマの手を握つてかう云つた。

――お前は前の者より図体は大きいが、ロシヤ語を入れる頭の袋は大分小さいやうであるな。

このときも、サニマは畏《かしこま》つて、

――へい。

と云つた。

后に、サニマの息子アンドレイ・ボグダノフはペテルブルグ大学図書館次長となつた。これは、無論アンドレイが秀才だつた故もあるが、一つにはピヨトル帝がサニマに寄せた好意の影響でもあつた。

一七二八年、ペテルブルグの役人は大いに困惑した。唯一人のニホン語学校教授ニコライ・サニマが疱《はうさう》で突然死んでしまつたため、学校に先生がゐなくなつてしまつたからである。因みに、エカテリナ女王が歿したのはこの前の年である。ピヨトル帝は既に三年前に亡くなつてゐた。無論、ロシア政府はシベリヤ官庁宛、ニホン漂民送れ、と命令を発した。しかし、漂民が送られて来たのはそれから三年后の一七三一年である。この先生のゐない三年間、ニホン語学校が臨時休業もせず、一応、その存在を保ち得たのは偏《ひと》へに、サニマの息子アンドレイ・ボグダノフのお蔭であつた。

アンドレイ・ボグダノフは父サニマの死んだとき、十五歳であつた。身体も大きく、眼が灰色の点を除くと、大体、サニマに似てゐるやうであつたが、何となくニホン人らしくなかつた。しかし、彼はかなり巧みにニホン語を操ることが出来た。字もいろはぐらゐは書くことが出来る。ニホン語学校の生徒に較べれば格段の差があつた。「環海異聞」を見ると、後年ロシヤに行つたニホン漂民は次のやうに云つてゐる。

外に、日本詞八年稽古致し候と申す者にも出会、応待仕候へども、一向相弁じ不申候。

無論、そんな男は相当の劣等生であらうが、概してニホン語学校生徒の学力は極めて低かつた。アンドレイがニホン人との混血児であり、ニホン語に通じてゐる、と云ふのも理由であるが、彼はまたなかなかの秀才である、と云ふ理由で、ロシヤ役人はアンドレイをニホン語学校の助手にすることを思ひ附いた。年齢が問題になつたが、要するにニホン語を忘れぬ程度にお喋りしさへすればいい、その相手役ぐらゐ勤めれば良からう、と云ふことでアンドレイはニホン語学校助教授に任ぜられた。そして、一七三一年、第三回目のニホン漂民がペテルブルグに送られて来る迄、彼はニホン語学校で教鞭をとつた。

しかしながら、この十五歳の先生は却つてその父親のサニマ先生よりうるさかつた。生徒が——と云つても生徒の方はもうその頃は四十歳と云ふ古強者《ふるつはもの》がゐたりしたのであるが——烟草を喫むことを厳禁した。

——親爺サニマ先生は喫んで宜しいと云つた。

と生徒が云ふとアンドレイは至極真面目臭つた顔をして云つた。

——お前さん方は果してどちらが正当であるか判らぬほど莫迦なのか。自分は元老院のお偉方に伺ひを立ててみよう。

お偉方に伝へられては困る。生徒はつまらなさうな顔をして黙つてしまつた。その他、多くの点で、この先生のやり方には、大人の生徒が舌打したいやうなことがあつた。とは云へ、元老院のお偉方を出されると手も足も出なかつた。生徒は、初代のデンベイ教授のときからゐるのは一人しか残つてゐなかつた。あとの二人の裡、一人は死に、一人は何かの事情で退学してしまつた。その替り、サニマ教授の死ぬ三年前頃から、新しく三名、若い生徒が入学してゐた。若い、と云つてもアンドレイの教へる頃はもう二十歳を越えてゐて、無論、アンドレイ先生より年長であつた。デンベイのときからゐる四十歳の生徒は、アンドレイの助手として働くこともあつたが、二十数年間ニホン語学校で学んだにしては少々お粗末に過ぎたかもしれない。しかしその生徒は、

——一体、いつになつたら習得したニホン語が使へるのか？　そのときになつたら大いに活用してやるものを。

と、口癖のやうに云つた。

アンドレイが最初にやつたことは、ニホン語の整理である。デンベイやサニマは何の系統も立てずに教へた。だから、ひどく混乱してゐる。それを十五歳の先生が秩序附けようと試みたのである。と云つても極く簡単なもので、例へば、天文の部とか、身体人事の部とか、器財の部とかに分類した。それから、彼は試験をやつた。これには生徒は頗る辟易《へきえき》した。その結果を役人に見せる、と云ふのであるから辟易せざるを得ないのである。しかし、試験の結果を役人

に見せることは、アンドレイも見合せた。余りにもみつともない成績なので、見せて説明する気がしなかつたためである。つまり、そんな不良の成績を見せることは、如何に自分の父親サニマ先生の教へ方が他愛の無いものであつたかを、如実に実証するに他ならぬからであつた。しかし、何れにせよこの子供の先生は三年間、大きな生徒を牛耳つてやつた訳である。ニホン語学校が一応は続いた、と前に記したが、それは正式の教授がゐないと云ふ問題だけから云ふことであつて、実を云へば、この三年間、ニホン語の力は大いに進んだと云へるのである。露国日本語学校を通じてサニマ先生は頗る霞んだ存在である。これは、一つにはサニマ先生が無能であつた故もあるが、大きな理由は息子のアンドレイが偉過ぎたからであらう。

一七二九年の夏、カムチヤツカのロパトカ岬に一艘のニホン船が漂着した。前に引用した「外交志稿」には次のやうに記してある。

……享保十四年（西暦一七二九年）七月薩摩若宮丸一船颶風に逢うて露国東察加《カムチヤツカ》の海岸に漂着し、土人の為めに害せられ、所左権左の二人僅かに生命を全うし彼得堡《ペテルブルグ》に送られる。

当時はカムチヤツカを中心にロシヤの探険隊が活動してゐた。ピヨトル帝は死ぬ三週間前、即ち一七二五年一月六日、自ら筆をとつて勅令を発した。勅令はベエリングに対するもので、次のやうな趣旨のもとに書かれた。

――アジアとアメリカの接続点を見出すべくカムチヤツカにて造船し、北航せよ。

そこでベエリングは同年ペテルブルグを出発し、カムチヤツカに到着すると新造船「聖ガヴリイル」に搭乗し、第一回の探険に出発した。それが一七二八年のことであり、このときベエリングの助手として働いたのがアレクセイ・チリコフ中尉やデンマアク人マルチン・スパンゲンベルグである。これがベエリングの第一回の探険であり、これに引続いて、チリコフ・スパンゲンベルグの探険が行はれたのであつた。

ところで、漂着したニホン船に就いて、芳しからぬ風聞が出張官庁の耳に達した。カザツクのシユチンニコフなる者が漂着したニホン船を襲ひ、ニホン人を殺害した上、船の積荷を掠奪した、と云ふのである。役人は直ちにカザツクの頭目に通告し、シユチンニコフを逮捕し取調べた。シユチンニコフは、精悍《せいかん》な面構をした大男で、片方の眼が潰れてゐた。彼はその片眼をぎろりと光らせて、訊問に応じた。

――お前はニホン船を襲撃したか？

――左様、襲つた。

――お前の他に行つたのは誰か？

――カムチヤダアル人を伴つて行つた。彼等は、自分の手下である。

さう云ふとき彼は傲然と胸を張つた。

――何故、襲つたのか？

——ニホン人が貴重な品物を持つてゐると聞いたからである。
——何故殺したか？　また何人殺したか？
——数は十六、七人と思ふ。殺して奪ふのが一番容易だからである。また、ニホン人が自分等に抗はうとしたためである。

かう答へるときもシユチンニコフは、些かも悪事を犯したと云つた表情を示さなかつた。当然のことをしたやうな態度で役人を驚かせた。シユチンニコフは無論直ちに投獄された。しかし、事実は、シユチンニコフはニホン船を奪つてカムチヤツカからどこかへ高飛びしようと企んでゐた。そのため用意してゐる所を逮捕されたのであつた。と云ふのはそれより先、この男は同僚の一人を殺し金品を奪つてゐた。それが発覚しさうになつてゐたからである。彼が役人の前で傲然と構へたのは、謂はば、毒を喰《くら》はば皿迄、と云つた捨鉢の気持からであつた。

しかし、この高飛びの計画のために、ニホン人が殺されずに残された。シユチンニコフは船に就いてよく知らぬ。ニホン船の船員で比較的無事と見た者を殺さずに残し、それに船を操作させようと考へた。そのため助かつたのが、ゴンゾオ、ソオゾオの二人である。この二人は土人の家に匿《かく》まはれてゐたが、シユチンニコフが逮捕されると同時に役人の手に渡された。そのとき、ゴンゾオはまだ十一歳の少年に過ぎず、水先案内の父に随いて船に乗組んでゐたのである。無論彼の父はシユチンニコフ一隊の手で殺されてしまつてゐたが、ゴンゾオは役人の手に渡されるとき些かも臆せずまた悲し気な様子を見せなかつた。眼が大きな、頬の紅い利かん気らしい少年であつた。それに較べると、ソオゾオは、見るも哀れなほど悄然としてをり、矢鱈に頭を下げては溜息をついてゐた。彼は三十六歳の商人の手代であつた。

この二人は暫時、出先官憲の手で保護され、それからヤクウツクに送られ、更にペテルブルグに送られた。それが一七三一年、ちやうどニホン語学校ではアンドレイ先生が十八歳になつて教鞭をとつてゐたときである。ペテルブルグに送られる前、二人はヤクウツクで役人に聴問され次のやうに答へた。その頃、どうやらロシヤ語が話せるやうになつてゐたのである。殊に、ゴンゾオはロシヤ語を覚えることが早く、ヤクウツクの役人達を驚かせた。しかし、ソオゾオの方は余り捗々《はかばか》しくなかつた。

――お前等の船の名称は如何？　また、如何なる性質の船であつたか？

――船は「フアヤンクマル」と云ひ、サツマ町からアザカの町へ木綿や紙を積んで行く途中であつた。

それが大暴風に遭ひ、大洋に吹流されたのである。

――何日ぐらゐ漂流したか？

――七ケ月と八日間である。

役人は頗る驚くと二人の顔を交互に見て、信じ兼ねる様子であつた。七ケ月と八日間、洋上にあつて如何に生活したかと云ふことは興味あることであるが、茲では触れない。ただ、役人は、二人が「フナダマ」と称する神様に一同が一生懸命祈願したと云ふことを聞くと、何遍も首も振つて、尤もである、と云つた。

七ケ月と八日目にやつと陸地に流れ着き、どうやら安堵すると共にこれからどうしたら良からうか、と一同が案じてゐる所に、土人を指嗾《しそう》したシユチンニコフが襲ひ掛つたのである。片眼の潰れた髯面の怖しさうな大男と、薄気味悪い土人が現れたので、一同——総勢十七人であつた——が何事かと思つてゐると、大男は一渡り一同を睨み附け、傍の土人に何か云つた。すると、土人が数名、ゴンゾオとソオゾオの所にやつて来て捕へようとした。一人の若い男がゴンゾオを庇はうとすると、土人は突然、刀を揮《ふる》つてその男を斬つた。それからたいへんな騒ぎになつた。しかし二人はその后のことは知らなかつた。何故なら、二人は土人に逸早く縛り上げられ、連去られたからである。

この話をするとき、ゴンゾオは大きな眼を更に大きくし、ひどく昂奮した。そこで役人はシユチンニコフは悪人であり、投獄され、処刑された、と説明せねばならなかつた。しかし、ソオゾオはひどく臆病な男と見え、その話のときは悉皆黙り込み、蒼い顔をして、まだ怕がつてゐるかに見えた。このとき、二人はペテルブルグと云ふ都に送られると云ふ話を聞いた。しかし、二人とも、さまでニホンに帰りたがらなかつた。ゴンゾオは父を失つてゐる故もあつた。またソオゾオは大人では、自分一人生き残つたことに何やら運命的な諦観《ていかん》を抱いてゐるためでもあつた。

二人がペテルブルグに送られる前、二人の宿舎に一人の女が数回訪ねて来た。もう五十に手の届きそうな婆さんで、焼餅、つまりパンを持つて来て呉れたりして莫迦に親切であつた。最初、二人は気味が悪かつたが、婆さんはひどく二人を懐しがる風情を示した。これは三十年も前、第一回の漂民であり、初代ニホン語学校教授であるガブリエル・デンベイの宿泊したロシヤ役人の家の娘であつた。

——自分はデンベイに、別れるときマリヤの像をやつた。

と、婆さんはそんな些末なこと迄話した。つまり、彼等漂民の草分であるデンベイを自分の家に泊めたことが自慢なのであり、そのためニホン漂民に親しみを覚えてゐるらしかつた。しかし、婆さんはデンベイが折角貰つたマリヤの像を雪のなかに捨ててしまつた、とは無論知らなかつた。因みにこの婆さんは、サニマには会はなかつた。サニマは慌《あわただ》しく露都に送られたからである。

一七三一年二月、ゴンゾオ、ソオゾオの二人はペテルブルグに送られた。無論、ニホン語学校教師にする目的であつた。しかし、この二人は普通の漂民と異り、父や友人を殺害され、殊更、悲哀と苦痛を味つて来た者であると云ふので、ロシヤ政府の同情を惹いた。ニホン語学校を管轄する元老院は、ときの皇帝に上奏した。ときの皇帝と云ふのはこの前年ピヨトル二世の後を嗣《つ》いで立つた女帝アンナ・イワノヴナである。この自ら独裁者たることを宣言し、ビロンを寵愛した女帝は当時、四十に近い年輩であつた。

ゴンゾオ、ソオゾオの二名はラシヤで新しい服を作つて貰ひ女帝アンナに拝謁した。このとき、玉座に坐した女帝の左右には侍女が四、五十人立竝び、またその次には、重立つた役人連が何百人と控へ、ゴンゾオ、ソオゾオの二人にとつては気も転倒せんばかりの眺めであつた。しかし、ゴンゾオはまだ子供のせゐか畏縮もせず案内の役人の言葉通り行動した。女官の裡に、顔に墨を塗つてゐる者がゐると思つたのは、黒人であつた。これは拝謁が終つてから、ゴンゾオがアンドレイに訊ねたことである。ところが、ソオゾオの方は黒人の女官のゐたことにも気附かなかつた。

二人は、アンナ帝の前に出ると教へられた通り左膝を立て両手を重ねて差出した。するとアンナ帝は、その手の上に白い綺麗な右手の指を軽く載せるから、その指先に接吻する。と云つても要領が判らぬから、ちよいと唇で舐《なめ》るやうにしたのである。それでも女帝は至極満悦の態であつた。殊に、ゴンゾオが形式通り接吻の礼を行つたときには女帝の顔に微笑が浮び、女官連の間に、感心したやうなささやかな騒めきすら起つた。それから女官の一人を通じ、両人がカムチヤツカで蒙つた災難に就いて質問があつた。この質問にはゴンゾオが一人で答へた。ソオゾオはゴンゾオが答へる度に、お辞儀ばかりした。

女帝は二人の身の上に甚だ憐憫の情を動かされたものらしく、

——ベンヤシコ。

と云はれた。これは、可哀想に、と云ふことであつた。それから殺されたニホン人に就いては、

——オホジヤウコ。

と云つた。これは死者追悼の言葉であつた。また、女帝は二人に慰めの言葉を掛け、永くロシヤで暮すやうにと云つた。二人は大いに面目を施して退出した。

シユチンニコフ事件の生残りのニホン人と云ふ訳で、二人は貴族高官に招待され、慰めの言葉を受けた。このときは、アンドレイが随いて行つて作法を教へた。この頃、アンドレイは、ニホン語を教へる傍ら、ピヨトル大帝の歿年に設立されたペテルブルグ大学で学んでゐた。非常な秀才であつた。父サニマがニホン人であつたため、彼はゴンゾオ、ソオゾオの二人に頗る好意を寄せ、殊にゴンゾオを弟のやうに可愛がつた。尤もゴンゾオは、子供のニホン人、と云ふので多くの人から可愛がられた。

二人のニホン人が来たとは云へ、ニホン語教授に事欠かぬほどロシヤ語に通じてゐない。殊にゴンゾオは若過ぎる。と云ふ訳で、二人が充分ロシヤ語を話せるやうになる迄、当分、アンドレイが一人で先生をやることになつた。その二ホン語学校に、二人はときをり見学に行つた。日頃習得したニホン語を活用する絶好の機会であるのに、生徒はニホン語を喋らない。デンベイのときからゐる一番年嵩の生徒も日頃の高言に似ず、ゴンゾオが話し掛けると矢鱈に笑つてみたり、膝を叩いたりするばかりで何とも頼り無かつた。挙句の果、その男はこつそりゴンゾオに告げて云つた。

――洵に奇妙なことだが、どうもよく判らない。但しこのことはアンドレイ先生に内密に願ひたい。殊に他の生徒には極秘に願ひたい。

ところが、その男がニホン語を喋ると、ゴンゾオ、ソオゾオに判らない。ひどく難解なロシヤ語だと思つてゐると、それがニホン語だつたりするのである。

一七三四年、二人は勅命により僧院に預けられた。それ迄、二人は非公式にロシヤ語を学んでゐた。つまり、ペテルブルグ市内に於ける生活からロシヤ語を習得したのである。当時は神学校に於いて学問した。まだ、学問が僧院の手に委ねられてゐた。その上、神学校に入るには僧侶の子弟とか貴族とか制限があつた。だから、ロモノソフの如きは農夫の子であつたため、モスクワの神学校に入学するに際し、僧侶の子と詐《いつは》つて入つたりしてゐるのである。つまり、二人のニホン人に正式にロシヤの学問を受けさせるため、二人を僧院に入れたのである。しかし、ソオゾオの方は齢も取つてゐるし、またアンドレイ一人でも困ると云ふので、神学校で学ぶ替りに間も無くニホン語学校に出るやうになつた。

二人がこの間、最も頻繁に訪れたのは、アンドレイの家である。ちやうど、アンドレイが、父サニマの同国人に懐しさを覚えるやうに、ソフイヤは夫サニマの同国人を大いに歓迎した。彼女は、デンベイの肥つた細君ヴアシリイサと異つて、サニマの死后再婚しようと云ふ意志は持たなかつた。

——自分はニホン人が好きだ。ほんとによく来て呉れた。

二人がアンドレイに連れられて初めてソフイヤに会つたとき、ソフイヤは泣いてさう云つた。二人も、ソフイヤの家にゐるときが、一番気が置けなくて愉しかつた。ソオゾオもつい安心して、飲めないくせにウオツカを二杯も飲んで引繰り返つたりした。そのときソオゾオは、ウオツカはニホンの焼酎と同じだと云つた。

——茲にゐると自分の家にゐるやうだ。また貴女が自分の母のやうな気がする。

と、ゴンゾオが云つたとき、ソフイヤは涙を流した。ゴンゾオのニホンにゐる母は二度目の母であり、余りゴンゾオを可愛がらなかつたのである。この間、ゴンゾオは背丈も伸び肉も附き、ソオゾオより大きくなつた。ソオゾオは、いつも、蒼い顔をして悄然としてゐた。何やら、胡瓜《きうり》に似てゐた。彼は、シユチンニコフの如き人間が現れていつ自分を殺すかもしれぬ、と思つて心平らかでなかつたのである。

——自分も茲が一番安心だ。

と、ソオゾオはソフイヤに云つたが、それは、ソフイヤの家ではそんな危険を感じないで済むからであつた。

僧院に預けられると間も無く、二人は洗礼を受けた。その結果、ゴンゾオはデミヤン・ポモルツエフ、ソオゾオはクジマ・シウリツと云ふ名前を貰つた。前に触れたやうにこの頃から、クジマ・ソオゾオはニホン語学校に出講するやうになつた。ソオゾオは前にゐたサニマやまたアンドレイと違つて、ニホン語の読み書きに長じてゐた。この点、デミヤン・ゴンゾオは字を知らなかつた。ソオゾオは声も小さく、頗る活気の無い教へ方をしたが、この胡瓜に似た先生は、ニホン語学校のテキストに多くの文字を加へ、またヴオキヤブラリイを豊富にした点、功績があつた。

この間、デミヤン・ゴンゾオは神学校に通学しロシヤ語を学んだ。またソオゾオからニホン字を習つたりした。この若いニホン人は、ニホン語学校を将来双肩に担ふ人間と目されてゐた。ゴンゾオは頭が良く、自由自在にロシヤ語を話せるやうになり、また、読み書き出来るやうになつた。すると、ゴンゾオは詩を作ることを始めた。無論、ロシヤ語で作るのである。しかし、たいしたものではなく、ゴンゾオもアンドレイやソフイヤに見せるぐらゐであつた。当時はピヨトル帝の開いた「西方への窓」から流れ込んだ新しい風潮の影響を受け、漸くロシヤにも劇場が出来たり、宗教臭の抜けた恋愛中心の物語が出たり、或は幼稚な抒情詩が出て来たりし始めてから少し経つた頃である。丁度ロモノソフは貧乏しながらモスクワの神学校で学んでゐる時であり、カンテミイルの諷刺詩が書かれたりしてゐる頃である。何れ、デミヤン・ゴンゾオはこつそり新しい抒情詩の一つも読んで真似てみたに過ぎまい。彼がソフイヤの家で、砂糖や牛乳の入つた茶や蜜漬の菓子を御馳走になりながら朗読した詩に次のやうなものがある。

お前がゐないと雪と氷ばかり
光ささない闇ばかり
したがお前がゐるときは
お天道さまが輝いて

私の心は花ざかり

この詩をソフイヤは、ひどく感銘深いものだと評した。サニマのゐない自分には実によく判る、と云ふのである。しかし、アンドレイは元来、詩なぞにとんと縁の無い人間なので、首をひねつて何も云はなかつた。ソオゾオは蒼い顔をして、つまらなさうに菓子を頬張つてゐた。ソフイヤに同意を求められたとき、アンドレイは、

——ロシヤ語の間違は一つも無い。

と云ひ、ソオゾオは、

——その花ざかりの花はサクラだらうか？

と訊ね、それから、かう附加《つけた》した。

——全く雪と氷ばかりでは辛いだらう。

事実、クジマ・ソオゾオは厳しい寒気に健康を害してゐたのである。慣れない気候に、余計な心配事が彼の身体を損ねた。

一七三六年、ニホン語学校は元老院の手から学士院の管轄に移され、この頃からデミヤン・ゴンゾオが教へることになつた。同時に臨時の教師から、もうそのときにはニホン語学校主幹になつてゐたアンドレイ・ボグダノフは、永年のニホン語学校教育の結果を一つに纏めようと

考へた。幸ひにして、ソオゾオ、ゴンゾオと云つた立派な協力者がゐる。そこで、この仕事に直ちに着手した。即ち、ロシヤで初めてのニホン語学書を編纂《へんさん》しようと云ふのであつた。この仕事は一七三六年から一七三九年の間に完成した。辞書会話文典等全部で五冊であつた。尤もニホン語学書とは云ひ条、それは当時なりにかなり幼稚なものであつた。これらはすべて手写本で、アカデミアの図書館に保存された。幼稚と云ふ——しかし、当時ニホン国はどうかと云ふと、まだまだひどく暢気であつた。スパンゲンベルグが第二回の探険に出発したのが一七三九年である。このとき、彼はニホンのバウシウ辺に立寄つたりしてゐるが、ニホン国はその異国船が遺して行つた銀銭や骨牌《カルタ》の文字をオランダ人に鑑定して貰ひ、

——はて、ムスコウビヤの文字にて候。

とか暢気なことを云つてゐたに過ぎないのである。

ニホン語学書の編纂を始めた年の冬の一日、ニホン語学校から帰つたソオゾオは、日頃の蒼い顔を赧くして荒い呼吸を始めた。ゴンゾオが触つてみるとひどい熱である。直ちに医者が呼ばれ、ソオゾオは病院に担ぎ込まれた。医者は首を傾げ、身体が弱つてゐるから、自信は持てぬ、とゴンゾオに告げた。ゴンゾオにはたつた一人のニホン人の相棒である。是非、助けて呉れ、と医者に懇願するとき強く相手の服を摑んで引張つたため、釦《ボタン》が千切れて落ちた。このときゴンゾオの脳裡を瞬間、良からぬ予感が掠め過ぎた。それから四日目に、ソオゾオはこの世にサヨナラしたのである。

ソオゾオが死ぬ迄、ゴンゾオは特に許可を得て、看護に専念した。ソフイヤもやつて来て看病した。また、アンドレイも、暇を見てはやつて来た。折角、新しい仕事に取掛つた際、ソオゾオを失ふことはたいへん痛手である。是非快くなつて呉れ、とソオゾオに云つたが、ソオゾオは、

——雪と氷ばかり……。

と譫言《うはごと》を云つたりして頗る頼り無かつた。意識のあるときは、

——まだ死にたくない。しかし、死ぬのなら、もう一度ニホンを見て死にたい。

と云つた。ソオゾオはクジマ・シウリツと名乗るロシヤ人であるから、ニホンに帰ることは適はぬかもしれぬ。帰れぬ迄も、せめてもう一度見たい、と云ふのである。看病してゐる者は顔を見合せて何も云はなかつた。暗澹たる想ひであつた。胡瓜に似たクジマ・ソオゾオは、病を獲ると更にしよんぼりした風情となり、その儘息を引取つた。シユチンニコフ事件は最后迄彼の脳裡にあつたらしく、彼は譫言に出して云つた。

——殺しては不可《いけ》ない。

——シユチンニコフが来る……。

女帝アンナ・イワノヴナの見舞の使が来たとき、既にソオゾオは死んでゐたのである。ソオゾオが死んだときゴンゾオの作つた詩に次のやうなものがある。

あの男は死んだ
遠い国で
誰も知らない
私だけが知つてゐる
遠い国で

当時、ゴンゾオは十八歳であつた。ソオゾオが死んでから、ゴンゾオは前より頻繁にアンドレイの家に出入するやうになつた。その結果、彼はソフイヤの娘、つまりアンドレイの妹のマリヤを憎からず想ふやうになつた。どうやら、マリヤの方もさうらしかつた。マリヤはゴンゾオと同年の顔附の華奢なほつそりした娘であつた。身体附は大体母親似であるが眼が黒かつた。ゴンゾオはその頃、もう少年とは云へなかつた。幾らか顔色が蒼白いくらゐの、謂はば眉目秀麗の秀才に見えた。それ迄も無論、ゴンゾオはマリヤに会つてゐた。しかし、子供の頃からの友達であつたから、別に何とも思はなかつた。

ところが、ソオゾオが死んで頻繁にアンドレイの家に出入するやうになつて一年ほど経つた頃である。ゴンゾオがアンドレイの家の椅子に坐つてゐるとき、不図、ゴンゾオを見てゐるマリヤの視線に会つた。そんなことはそれ迄にもあつた。何でもないことである。このとき、何の弾みかゴンゾオはマリヤの顔を凝《じ》つと視た。別な考へごとでもしてゐたのかもしれぬ。しかし、不意に、二人は吃驚して視線を避《そ》らした。何故か二人にも判らない。しかし、そのとき以来、ゴンゾオの脳裡に新しいマリヤが映るやうになつたのである。サニマがアンドレイの他に遺した子供はマリヤを除き、すべて男であつた。

ゴンゾオの物思ひは至極、儚《はかな》いものに過ぎなかつた。それは丸一年とちよつとしか続かなかつた。と云ふのはゴンゾオも——ソオゾオと同様——一七三九年の初めに死んでしまつたからである。それ迄、ゴンゾオはマリヤと、ささやかな恋をした訳である。

ニホン語学校で授業が終ると、暫くニホン語学書の編纂の仕事をするのが、ゴンゾオの日課であつた。ゴンゾオは、教へ方も巧みであり、若いけれども生徒をよく指導した。生徒は、デンベイ先生のときからゐた老生徒が死んだため、三人しか残つてゐなかつた。因みに、スパンゲンベルグが一七四三年、第三回の日本探険に出掛けたとき、この三人の裡の二人が、通訳として派遣され探険隊に随つた。ピヨトル・シエナヌイキンとアンドレイ・フエネフの二人である。ところが幸か不幸か、濃霧や事故に災され、このときスパンゲンベルグの一行はニホンに寄港しなかつた。だから、通訳もその力量の程を発揮出来なかつた。一七〇五年、ピヨトル帝の勅命に依り設立されて以来三十八年目に、初めてその実力をテストさるべき好機が到来したにも拘らず、探険隊がニホンに来られなかつたのはニホン語学校にとつて残念であつたらう。

事実、アンドレイ・ボクダノフ校長はかう云つた。

——この次の機会にはきつとニホンに寄るだらう。落胆せず勉強して欲しい。

しかし、実際のところ、シエナヌイキンもフエネフも余り自信が無くニホンに寄れなくて却つて吻《ほつ》と一息ついたやうな、妙な具合だつたのである。このとき迄ゴンゾオが生きてゐたら、或は彼は故国に戻れたかもしれないが、ゴンゾオの死んだのはこれより四年前である。

ニホン語学校の仕事が終る頃、つまり、ペテルブルグの灰色の空が夕暮の色を帯びて来る頃、ニホン語学校の入口にマリヤが立つてゐる。すると、なかから、アンドレイと連立つてゴンゾオが出て来る。ゴンゾオを見ると、マリヤは含羞《はにか》んだやうな、物想はし気な微笑を浮べる。それから、三人並んで帰るのである。これも、ゴンゾオの日課であつた。ときには、アンドレイは用事があつて、或は用事があると称して、二人だけ残すことがあつた。そんなときには、二人は多少廻道をして黄昏《たそが》れて行く運河の畔を散歩したりした。別に、話とて無い。しかし、ゴンゾオは心愉しかつた。

嘗て、デンベイ先生はそんな運河の畔に佇んで故国ニホンを想ひ泣いたものである。マリヤは兄アンドレイから聞いたそんな話をゴンゾオに伝へたりした。それは最早ニホン語学校にとつては伝説とも称すべきものになつてゐた。そんな話をした后で、マリヤが含羞んだやうな微笑を浮べてゴンゾオにかう訊いたことがある。

——お前は淋しくないか？

ゴンゾオは首を振つて云つた。

——いや。お前の一家があるから。

それから、ゴンゾオは些か勇気を振つて、

――特にお前マリヤがゐるから。

と云はうと思つたが、それはどうやら口から出ずに終つた。しかし、実際のところ、長ずるにつれてゴンゾオの心に孤独が翳《かげ》を落し始めた。ソオゾオが死んでからは尚更であつた。デミヤン・ポモルツエフ・ゴンゾオはロシヤ人となり、十一歳のときからロシヤの生活に慣れてきてゐる。ロシヤ人同様、ロシヤ語も操れる。にも拘らず、長ずるにつれて、理由はこれと定かではないが異邦人を意識したりする。郷愁めいたものが彼の心を捉へる。そのゴンゾオにとつて、事実、アンドレイ一家は、殊にマリヤは彼の心の憩ひの場所であつた。

一七三九年二月、ボダの祭があつて二日后、ゴンゾオは発熱した。ボダの祭とは水祭のことである。ネヴア河に張つた氷を斧で砕き、祈禱を捧げた后高僧が水を汲む。その水に棕櫚《しゆろ》の毛を束ねた箒《はうき》状のものを浸し、女帝以下皇族諸役人の頭に水を振掛けるのである。それが済むとその場に参集して、柵の外から慎しく見物してゐる群衆にも残らず灌頂《くわんちやう》する。淫雨洪水の患無し、と云ふお呪《まじな》ひなのである。その日、ゴンゾオはアンドレイ一家の者とそこに行き、彼も箒のやうなもので水を掛けて貰つた。ところが、二日経つて病気になつてしまつたのである。

ゴンゾオは病院、オシリピタリに行くのを嫌つたため、アンドレイの家に寝せて貰つた。彼は熱には強く、病床にゐても意識ははつきりしてゐて快活であつた。二日目、ニホン語学校の生徒が見舞に来てニホン語で、

——御機嫌好いか。

と云つたとき、ゴンゾオは、

——其許《そこもと》次第ぢや。

と応じた。しかし、彼は三、四日の裡にひどく憔悴してしまつて、大きな眼が更に大きくなつた。マリヤはこの間、ゴンゾオの傍に殆ど附切りであつた。近い将来、ゴンゾオとマリヤを結婚させようと考へてゐるソフイヤはときどき様子を見に来た。ペエチカの燃え具合を調べながら、

——早く快くなつてお呉れ。マリヤのためにも。

と云つたりした。彼女は看護疲れで、ちよつとぼんやりしてゐたりするとき欠伸《あくび》が出る。すると狼狽てて口の上に十字を切つた。

ゴンゾオは六日目に死んだ。アンドレイから、スパンゲンベルグの第二回ニホン探険が近く行はれる、それが巧く行つたら第三回には案外、通訳としてニホンに行けるかもしれぬ、と聞いてゴンゾオは頗る喜んだが、それから三日目に死んだ。スパンゲンベルグの第二回探険隊が出発したのはその年の五月である。

それは雪の散らついてゐる日で、屋内からは、ビイドロ板を張つた窓越しに雪の散るのが見えた。突然、マリヤが悲鳴をあげるのを聞いて、ソフイヤや家人が駈附けたとき、既にゴンゾオは死んでゐた。そのゴンゾオの上に身を投掛け、マリヤが激しく抱擁して接吻してゐた。引

離さうとしたが、固く抱いて離さなかつた。彼女はドクタアが来る迄、その姿勢で動かなかつたのである。いつもは温和しく弱々しいぐらゐのマリヤのこのときの動作は、后になつて、人びとの脳裡に不思議な感動を喚起こした。而も、このときの接吻がゴンゾオとマリヤの最初にして最后の接吻だつたのである。

ゴンゾオが死んで慌しかつた。しかし、アンドレイ一家の者はもう一つ厄介な心配事があつて落着かなかつた。うつかりすると、マリヤの棺桶も用意せねばならぬかもしれぬ状態だからであつた。

先にソオゾオが死んだときもさうであつたが、ゴンゾオのときも、学士院では石膏でデス・マスクを取つた。これは后にペテルブルグ大学附属人種学博物館に蔵められた。遠い国の人間が、ロシヤ国で教鞭をとつたことを記念するためである。しかし、これが現在も残つてゐるかどうか判らない。

マリヤはゴンゾオが死んだ翌年、ペテルブルグの一商人と結婚し二男二女を挙げた。家庭は極めて円満であつた。

〔1950（昭和25）年「小説と読物」1月号 初出〕

ニコデモ

奚《ここ》にパリサイ人にて名をニコデモと云ふ人あり

——ヨハネ伝三ノ一

当時、ヱルサレムにニコデモと云ふ男がゐた。議会の議員であり、またかなりの資産家でもあつた。のみならず、相当の人望も捷《か》ち得てゐる人物であつた。大柄の肥満した男で、至極落着いたもの静かな態度を崩さない。その太い眉の下の澄んだ眼は、絶えず微笑を堪へながら、その底に妙に皮肉らしい色を覗かせることがあつた。その赧顔を取巻く髪とか髯には、既に白い色が見られるのである。

ちやうど過越祭の時期のことである。ヱルサレムの都は全国から上つて来る群衆で頗る雑踏してゐた。その群衆の裡に田舎廻りの説教師のイエスと云ふ男とその一味の者がゐる、とニコデモに告げた一人の友人があつた。

——イエス？

ニコデモはちよつと眉を顰《ひそ》めた。彼が初めて耳にする名前であつた。

——左様、話に聞くと不思議な魔術を行ふとか云ふことだ。貧乏人とか田舎者には相当人気があるやうなことを云ふ者もある。ところで、どうにも遣切れんのは……。遊女や罪人と平気で同席する。断食は守らん。弟子には手を洗はず食事する者がある。それから……等々と云ふのである。

——ふむ。

ニコデモは再び軽く顔を顰《しか》めた。と云つて、別に話の内容に不快を覚え、相手同様遣切れぬ気がした訳では無い。ニコデモはパリサイ人である。自らパリサイ人でありながら、彼はパリサイの徒の些末な形式主義に内心、好意を持つてゐない。尤も、長い習慣で、そんな話を聞くと自然顔を顰めるやうな癖が附いてゐるのである。しかし、相手はさうとは知らぬから、ニコデモがイエスに不快を覚えたものと察して続けてかう云つた。

——それに、その男は自らクリスト、神の子、と云ひ触らしてゐるらしい。

それを聴くと、ニコデモは顰面をする替りに頰を緩めた。彼は眼に皮肉らしい色を浮べると、独言のやうに呟いた。

——クリスト？　イエスとか、前にはヨハネとか、クリストに成りたがる男が近頃は多いやうだ……。

予言者も罪な予言を遺して行つたものだ、尤も、これは内心呟いたのである。

その翌日のことである。ニコデモは下僕《しもべ》一人を供に連れ、雑踏に揉まれながらヱルサレムの神殿の方に歩いて行つた。至極晴々しい愉快らしい顔で、ゆつくり歩いて行くのである。その彼に会釈を送つて来る者も尠くは無い。狭い石畳の路を、一団となつた田舎者が喧《やかま》しい声をあげて行く、かと思へば無口の驢馬《ろば》が往来する。

——お宮迄参られますか？

下僕が訊ねた。

——うん、行つてみよう。

別に雑踏も気にならぬらしく歩いて行く。やがてヱルサレムの神殿が前方に見えた。この神殿は先にヘロデ王が改築工事に手を附けた儘、まだその頃に至るも完成してはゐなかつた。しかし、全体の眺めは壮麗の趣があつて、見る者の眼を奪ふに充分であつた。ニコデモはしばしば神殿に出入した。そこで、彼は多くの議論に耳を傾ける。さまざまの訴訟の成行に注意したりする。いつもそこには多くの人間がゐて議論し合つてゐた。しかし、その多くは空論に過ぎぬものでしかなかつた。

ところが、その日、神域内に這入つたニコデモは、平生参詣人目当の店を張つてゐる商人達のゐる辺りに人垣が出来てゐるのに気が附いた。下僕を見にやらせると、戻つて来てこんなことを云ふ。

……一人の男が、何を思つたのか、突然両替屋の屋台を引繰り返してしまつた。鳩を売つてゐた商人も、その店台を仆されてしまつた。而も、その乱暴な男はその上、商人共に悪口を吐き続けてゐる。それで大騒だと云ふのである。

——ふむ。

ニコデモは不興気な顔になつた。彼は元来そんな乱暴を好まないのである。大方、気の触れた田舎者か、祭の雑踏に逆上した者の所業でもあらう、と思つた。

——妙なことを申します男で……この勿体無いお宮を自分の父の家だと申すのでございます。で、一人が、お前の親爺つて誰だと訊ねましたところ天に在《いま》す神様だ、と答へた始末で……洵にどうも……。

これを聞くとニコデモは何か想ひ出したらしく、下僕を振向いた。

——その男は何者か判るか？

——はい。見物衆の一人が申してをりますのを聞きましたが、何でもナザレ村のイエスとか申す男ださうでございます。大層な田舎者で……。

——イエス？

ニコデモがこの名を耳にしたのは、これで二度目である。彼は幾らか好奇心に駆られて人垣に近附いた。覗いて見ると、群衆に取囲まれて一人の若者が立つてゐた。運好くニコデモは正面からその男を見ることが出来た。陽に灼けた美しい若者である。昂然と、恰《あたか》も群衆に挑戦するかのやうに立つてゐる。その足元には、両替屋が這ひつくばつて、何やらぶつぶつ云ひながら散らばつた金を拾ひ集めるに余念が無い。

ニコデモが覗いたとき、若者はぴくりと眉を上げると、甲高い、しかし澄んだ声で云つた。

——この神殿を壊してみるがいい。私は三日の裡に元通りに建てて見せる。

これは群衆の一人の問に答へた言葉らしかつた。弥次馬共は一斉に喧しく喚《わめ》き出した。四十六年掛つてこれ迄出来た神殿が、三日で建つとは何事か、と騒ぎ立ててゐるのである。ニコデモは苦笑した。彼はもう一度、美しい若者の顔を見ると人垣を離れた。

——三日で建てるなぞと、本気でございませうか？

下僕が訊ねた。ニコデモは答へずに笑つたばかりである。しかし、内心彼は次のやうな返事を用意してゐた。

――いや、わしだつて建ててみせるだらう。もしお前が壊して呉れるなら。

ニコデモはその若者の言動に、大仰な宣伝を感じ取つてゐた。本来なら、ニコデモはそんな言動に不快を覚える筈であつた。にも拘らず、そのイエスなるナザレ村の若者には、別に不快も覚えない。却つて、幾らか好意らしいものを覚えさへした。これは彼自身にとつても些か意外のことであつた。

何故、イエスが商人なぞ攻撃するのか、何故、神殿を三日で建てると云つたりするのか、それはニコデモにも理解出来なかつた。彼に理解出来たのは、その若者のひどく美しい容貌であつた。その美貌の若者が昂然と肩を聳《そび》やかしてゐて、些かも世に屈する色の無いことであつた。それは永らく固陋な作法の裡に生活し倦《う》み厭《あ》きたパリサイ人の彼に、何かひどく新鮮で愉快なものに思はれた。あの男なら、せせこましい掟なんぞ守るまい。

しかし、彼は思はず苦笑した。

――あれもクリストに成りたがつてゐる男だと聞いたが……。

と、想ひ出したからである。

それから、ニコデモは議員である友人の一人を訪ねた。神殿で目撃したことを話したが、相手はイエスを知らなかつた。二人はイエスのことから、古い予言に就いて話し合つた。また、その予言の実現を待つ群衆に就いて、即ち、メシアの到来によりロオマの圧制を遁れようと願つてゐる群衆に就いて語り合つた。そんな群衆の数は尠くは無かつた。彼等はメシアを待ち焦がれてゐた。何人かにメシアを見出さうとしてゐた。ニコデモ自身、メシアの到来を考へぬことも無い。しかし、貧しいガリラヤの若者がクリストである筈は無かつた。二人の話はサドカイ派に移り、また彼等のパリサイ派に移つて長く続いたが、その話に再びイエスの名が上ることは無かつた。

それから二日ほど経つて、ニコデモはイエスに就いての幾らかの知識を得た。それに依ると、その野蛮な田舎廻りの説教師が大胆不敵にも挑戦してゐる相手は、意外にもパリサイ派、サドカイ派であつた。意外にも——しかし、それは別に意外ではなかつた。イエスの言動から自《おの》づと感ぜられるものと云つて差支へなかつた。しかし自らの敵であると知つても、ニコデモはイエスに何ら不快を覚えなかつた。却つて、多少の優越感から来る好意すら覚えた。同時に、その美貌の青年が何故奇矯の言辞を弄し、無謀の振舞に及ぶか知りたかつた。尤も、それはささやかな好奇心に過ぎなかつたが、形式的な作法に倦きた彼には、そんな若者と話を交すのも興味あることに思はれたのである。

だから、下僕が、

——イエスは只今ベタニヤに泊つてをります。

と云つたとき、ニコデモの心に突然、ガリラヤ出身の若者を訪れてみようと云ふ気が起つた。同時に、彼はさう云ふ自分の思ひ附きに、内心苦笑しない訳には行かなかつた。最高議会の議員ニコデモが、パリサイ人ニコデモが、貧しいガリラヤ出身の若者を、田舎者の説教師を訪れようと云ふのである。それは、何《いづ》れにせよ突飛な行動と云ふ他無い。

——わしにも似合はぬ……。

とニコデモは呟いた。実際のところ、ニコデモ自身何故イエスを訪れるのか、明確な理由は云へない気持であつた。しかし、もしイエスが美貌の持主でないとしたらニコデモが矢張り訪れる気になつたかどうか、それは彼自身にも判らなかつた。

夜、ニコデモは下僕と二人、こつそりベタニヤ村に向つた。無論、秘密に訪れるのである。議員ニコデモの体面、地位を考慮し、また、行為の末梢に重点を置きたがるパリサイの掟を考へてみると、無論公然と行けたものではない。イエスは日暮になるとヱルサレムを出てベタニヤに、ときには橄欖山《かんらんざん》に宿ることもある。

——泊りますのは、癩病人シモンの家と申します。何でもマルタ、マリヤとか申す二人の姉妹がをりまして、噂に依るとイエスはその妹と……。

——ふん。

ニコデモは習慣になつてゐる顰面《しかめつら》を作つて、下僕の言葉を聞いたが、暢気らしい声でかう訊いた。

——美人か？

——……と云ふ話でございます。何でも数ある男を振捨てて、イエスに夢中とか申します。

ベタニヤ村はヱルサレムから二十五町ばかり離れた、死海とヨルダン河を見晴せる丘の斜面にあつた。ヱルサレム近郊は痩地が多い。そのなかで、緑に恵まれたベタニヤは珍しく和やかな所である。長い夜道を歩いてシモンの家に辿り着くと、ニコデモは一室に通された。下僕は扉口の外に待たせてある。イエスの許に、かうやつて訪れる者は尠くなかつた。

仄明るいラムプの灯で、昂然とニコデモを見詰めてゐたイエスは、ニコデモが名前と地位を告げると、ちよつと意外らしい表情を浮べたが、相手が何者だらうと自分の知つたことではない、とでも云ふらしく肩を聳かせた。ニコデモは静かな微笑を浮べると、慇懃《いんぎん》な調子で、用意して来た言葉を唇に上せた。彼は、ラビ、先生と呼び掛けたのである。

――先生、私はパリサイ人でございます。しかし、私は先生が神の使として世に現れた師だと信じてをります。何故なら、先生が行はれた数多い奇蹟は、神が偕《とも》に在《おは》す方でなければ到底なし得ないものでありませうから……。

ニコデモの言葉はイエスを歓ばせた。ヱルサレムはイエスにとつて気持の好い都ではなかつた。多少の味方も無いことは無い。しかし、多くは敵であつた。そこに意外の知己を見出したのである。イエスは快活に、しかし威を見せながらかう云つた。

――私は深夜何故あなたが人眼を避けて私の所に来られたかよく判ります。あなたは神の国を見たがつておいでになる。それには、新たに生まれねばならない……。

ニコデモは思はずイエスの顔を見た。苦笑しようとするのを、不断の微笑に紛らはせながら反問した。

——新たに生れる？　この老耄《おいぼれ》の私奴に、もう一度、母親の胎内に戻れと云はれるのですか？　生憎、私の母は八年前に亡くなりましたが……。

これに対する答は、またそれに続く応答は、読者はヨハネ伝三章に見出される筈である。作者は再録する気は無い。多分このときも、イエスは、学者のやうでなく、権威ある者のやうに語つたであらう。

ニコデモは、余り口を開かなかつた。尤も、ユダヤ人の指導者のあなたがこんなことを御存知無いのか、とイエスに云はれたときには内心辟易したが、他は多く無言でイエスの言葉に耳を傾けてゐた。それはまだニコデモの耳にしたことの無い奇抜な言葉であつた。その多くは彼に不可解であつた。しかし、粉飾を施さぬ直截な言葉には何か閃くものがあつた。ニコデモはそれらの言葉に耳を傾ける一方、イエスを眺めてゐた。自らの話に熱中し、すべてを忘れてゐるらしいイエスの顔を。陽に灼けた頬に血が上り、眼が異様に輝くのが仄明るいランプの光で判る。それは美しい顔であつた。その顔を見ながらニコデモはかう考へた。

——この男を愛してゐる女……はマリヤとかの他にも多くあるだらう。

しかし、ニコデモにはイエスの言葉が理解出来なかつたと同様、その人間も理解出来なかつた。全然宗教だけに限られた運動をしてゐるのか、或は政治的革命を企図してゐるか判らない。その何れにせよ、イエスはまだ問題とするに足りぬ田舎の若者に過ぎない。結局遠い昔の予言に惑はされてゐる思ひ上つた若者に過ぎなかつた。

恐らく――とニコデモは考へた――処世術を心得ぬこの若者は、勇敢に反抗し挑戦すること しか心得てゐないらしいこの若者は、動けば動くだけ多くの敵を作るに過ぎまい。それは自殺行為に等しい。世の老獪なる連中が彼を陥穽に陥れるのは、二羽の雀を購《あがな》ふよりももつと容易のことであらう。と云つて、ニコデモはイエスにそんなことを告げる気は無かつた。告げた所で何にもなるまい。否、尠くともこのとき、イエスはニコデモにそんな口出しを許さぬほど師の権威に満ちてゐたのである。しかしこのとき、ニコデモは自分がイエスを訪れる気になつたのは、前途に破滅が待つてゐる筈の若者、その美貌にニコデモが心惹かれた若者を、その破滅から救つてやりたい、と云ふ内々の気持かららしい、と気が附いた。昂然たる若者の美しい顔を見ながら、ニコデモは妙に儚い淋しさを覚えた。同時に、限りない憐憫を。

帰途、無言で歩いて行くニコデモに下僕が話し掛けた。

――私が扉口にをりますと、近くで盛んに話声が聞えました。イエスが王位に就いたとき、誰が一番偉い位を貰ふか、と議論し合つてゐるのでございます。大方、莫迦な弟子共なのでございませう。

――ふん。

ニコデモは鼻を鳴らすと云つた。

――明日、イエスの許へ金を届けてやれ。名は告げないで宜しい。

過越祭は終り、やがてイエスとその一味のガリラヤ人はヱルサレムを去つた。それと共に、ニコデモの脳裡からもイエスの姿は次第に薄れて行つた。

薄れて行つた——しかし、全然消えた訳では無かつた。と云ふのは、イエスは次第に多くの敵を作るほど名が知れ渡り、その噂がときをり彼の耳に入ることもあつたからである。

一度——それはニコデモがイエスに会つた夜から大分経つた頃であるが——祭司やパリサイ人が、イエスを捕へようと試みたことがあつた。ところが、捕へにやつた者共はイエスを取巻く群衆に怖気《おぢけ》を振ひ、役を果さずに帰つて来てしまつた。その頃、イエスを支持する群衆は尠くなかつた。彼等は至極単純にイエスにメシアを、クリストを見出してゐた。確信も何もある訳では無い。一途に逆上し熱狂したに過ぎぬ。一種の流行心理と云つて良かつた。その同じ群衆は后に、イエスを何の躊躇も無く十字架に送り附けた。それほど単純であつた。

しかし、イエスを捕へ損ねた祭司やパリサイの徒は大いに立腹した。彼等は異端者イエスを、またそれを取巻く群衆を罵倒した。

——奴等は律法を弁《わきま》へぬ、神に逆ふ者共だ。何とあつても捕へて処断せねばならぬ。

ちやうどその席に、ニコデモはゐた。彼は、自分が好意を覚えた美しい若者を、多少なりともその破滅から助けてやりたく思つた。そこでニコデモは、穏かな微笑を浮べながら口を開いた。

——しかし、われわれの律法は、先づそのイエスとやら云ふ男の言分を聞くことにあるのではないか、と私は考へる。その云ふ所を聴き、行つたことを承知した上で、裁くのが順当の処置ではあるまいか。

ニコデモは富裕で、評判の好い男である。これは彼のために幸運と云つて良かつた。でなければ、ニコデモ自身すら危険な立場に置かれたかもしれない。否、さう云ふ彼に向つてさへ、

――君もガリラヤ出身か？

と云つた者があつた。これは軽蔑を意味する。「ガリラヤ人」と云ふのはヱルサレムの都では、莫迦者の代名詞であつた。また或る者は、

――君はイエスを予言者とお考へか？　予言者はガリラヤから出る筈は無い、と云ふことを御存知無いと見えるが……。

と、あからさまにニコデモを諷《さと》したりした。予言者はダビデの町ベツレヘムに生れる筈であつた。イエスは貧しいナザレ村の大工の子に過ぎない。無論、当時はまだダビデの末裔としてベツレヘムに出生した、と云ふ例のロマンチツクな美しい伝説がイエスを飾り立ててはゐないのである。

ニコデモは意外に手厳しい同席者達の言葉に、苦笑すると口を噤《つぐ》んでしまつた。口論しても始らぬ。ニコデモほどの地位の、また声望のある男ですらこの通りである。かうなつた上は、イエスが捕へられるのは早いか遅いかの問題に過ぎない。ニコデモが口を出した所で、どうなると云ふものでもない。彼には一同がそのやうに激昂するのが、些か滑稽に思はれた。

――白く塗りたる墓よ。

ニコデモは、イエスがパリサイの徒を罵つて云つたと云ふ文句を想ひ出した。案外、穿《うが》つたことを云ふ、と内心感心しない訳には行かないのである。しかし、真実を云ふのは常に危険である。

——イエスよ、何故お前はそんな言葉を吐いて自ら求めて破滅の淵への道を辿るのか？　マリヤとやらを愛し、蜜蜂や芥子菜《からしな》や百合や無花果《いちじく》の裡に、平和な田舎廻りの生活を送れば良いものを。

と、ニコデモは内心呟いた。その日、彼は再び名は告げず、イエスの許に金子を送り届けさせた。

それから一年ばかり経つた頃である。

或る日、ニコデモは長い旅からヱルサレムに戻つて来た。旅は彼の心に新しい生命を吹込み、陽は彼の皮膚を灼いた。また、眼にした異教徒の風俗は、建築は、彼の心を愉しませた。しかし、久し振りにヱルサレムの都を見たときは、矢張り流石《さすが》に懐しさを禁じ得なかつた。

ヱルサレムの都は、過越祭の期節に入るので、雑踏し始めてゐた。ニコデモも、この祭に間に合ふやうに帰つて来たのである。帰つて来た彼は自分の館に寛いで、下僕の一人を相手に留守中のヱルサレムの様子なんぞを機嫌好く訊ねたりした。しかし、ヱルサレムの都には、特にニコデモの関心を惹くやうな事件も起らぬらしかつた。別に、変りも無いらしかつた。話が終る頃、下僕は想ひ出したやうにかう云つた。

——申し忘れましたが、ゴルゴダの丘に十字架が三本建つてゐるさうでございます。

——ふん。また悪党が三人減つた訳か。

それは何ら珍しい話題ではなかつた。殊に、旅から帰つたニコデモには何か莫迦らしい気のする話であつた。

——はい、しかし、その三人の一人はイエスと申しまして……。

——イエス？

ニコデモは下僕の顔を見た。

——はい。お忘れでございませうか？　三年ばかり前の過越祭の夜、手前がお供いたしまして……。

——うん。

——その后も何度か手前が金子を届けに……。

——いや、憶えてゐる。憶えてゐる。

ニコデモは微笑すると額に手を当てた。それから独言のやうに云つた。

——しかし、わしは知つてゐた。あの若者は何れは破滅するとな。いつかは良くない最期を遂げると判つてをつた。自ら招いたやうなものだ。

ニコデモは下僕を見ると訊ねた。

――しかし、磔刑《はりつけ》とはまた大分ひどい刑に処せられたものだ。何故かな？　群衆は騒ぎ立てぬのか？　イエスを護らぬのか？

――何とも手前にはとんと見当も附兼ねますが、話に依ると、何でも自分をクリストだと云つたからだと申します。学者先生に憎まれたとも申しますし、謀叛を企てゐたとも申します。なかには女沙汰だと云ひ触らしてをる者もございます。それで群衆でございますが……十字架に附けろ、と騒ぎ立てたのがその群衆とやらださうでございます。特赦のときにも、バラバを許せ、と叫ぶ声が殆どで、誰一人、イエスを許せ、とは申さなかつた由で……。

――ふん。で、バラバとは何者だ？

――一揆を起し、人殺しをした男ださうでございます。

ニコデモはユダヤの総督ポンテオ・ピラトの許へ浪のやうに押寄せ、逆上して喚きながらピラトにイエスの死刑を納得させようとする群衆を脳裡に描いた。また、それを操り煽動する祭司達を。何故なら当時ロオマの支配下にあつては、ユダヤ人の発した死刑宣告が効力を持つには、総督の裁可を待たねばならなかつたから。同時に、ニコデモはその騒擾《さうぜう》の頂点にゐるイエスを想ひ浮べた。一夜、自分に向つて熱心に神の国を説いた美しい若者を。自業自得かもしれぬ。しかし、ニコデモは磔刑に処せられたイエスに、矢張り好意と憐憫を覚えてゐた。

――で、屍体は？

屍体は適当な引取人があれば、それに引渡して差支へないことになつてゐた。翌日は安息日であつた。屍体はその日の裡に降される筈であつた。また、刑執行の日の夜迄屍体を十字架に附けて置くことは旧い律法で禁じられてゐるのである。――尤も、ロオマではその儘《まま》放置して、鳥の啄《ついば》むに任せたと云はれる。

――誰か引取人があるか訊いて来い。

やがて下僕が、ロオマ総督府に行つてこつそり訊き出した報告を持つて帰つて来た。

――屍体はアリマタヤのヨセフ様が秘密を守るやうにお願ひになつて、お引取になつたさうでございます。

――ヨセフ？　議員のヨセフか？

――はい。

ニコデモは微笑した。些少も知らなかつたが、茲にも一人あの美貌の若者に心を寄せてゐる者があつたのである。ニコデモは暫く沈黙してゐた。それから、下僕にかう云つた。

――香料を用意して置け。ヨセフの所に行つて屍体を葬るに手を貸してやらう。

――お疲れでございませうが……。

――いいや。

ニコデモは自分でも何故そんなことをするのか判らなかつた。黙つてゐれば済むことである。しかし、彼は内心、何かさうせずにはゐられない精神的な負担を覚えてゐた。彼は内心、弁解するらしく呟いた。

――あれは満更の他人でもない。あれはクリストでも何でもない田舎者に過ぎなかつた。会つたことは一度しか無い。しかし、わしは彼奴が気に入つてゐたのだ。彼奴は一時ではあるがわしを取巻く重苦しく固苦しい垣を破つて新鮮な風を送つて呉れた。一時ではあるが、わしの若い血を甦《よみがへ》らせて呉れた。群衆にも見離されたとあつては、せめてヨセフと偕に、屍体のことぐらゐ考へてやりたいのだ。

それから、ニコデモは立去らうとする下僕を見ながら、揶揄するらしくかう云つた。

兎も角、一夜でこそあれ、あれはわしの師であつたからな。

〔1952（昭和27）年「新文明」4月号 初出〕

断崖

車はひどく曲折の多い道を走つた。道は白く乾いてゐた。さう広い道ではなかつた。二台の車が辛うじて擦違へるぐらゐの幅しか無かつた。

——この川が矢鱈に曲りくねつてますからね。

と、運転手は云つた。

道は右手の川沿に続いてゐた。そして、車は川を溯《さかのぼ》つてゐた。川と云つても、それはいつの間にか深い溪谷になつてゐた。ときをりカアヴの加減で、迥か下方を流れる溪流が見えた。水は青く、岩の所では白く泡立つてゐた。一、二本の細い滝が、溪流に白い水を落してゐるのも見えた。

溪谷の向う側には幾つかの低い山が重なり合つてゐた。その間から、雪を頂く山が顔を覗かせたりした。

ときどき、溪谷の上にケエブルが渡してあるのが眼に入つた。

——あれは？

——向うの山で炭を焼きましてね、と運転手は説明した。あれで此方《こちら》へ送つて寄越すんです。

道の左手は山であつた。切立つた崖とか、一面灌木や夏草に蔽はれた斜面が交互に現れた。車は一台のトラックと、二台のオオト三輪車と擦違つた。トラックと擦違ふときは、両方とも一時停車したが、その他人影は一つも見なかつた。

僕は窓から吹込む気持の良い風を浴びながら、右手の山を眺めた。低い山々の間から見える遠く雪を頂く青い山は、ひどく美しかつた。その遠い山は道の曲折につれて消えたり現れたりした。しかし、間も無く見えなくなつた。溪流に沿つて道は大きく左折したから。道の上には「危険」と朱い字で書かれた札がぶら下つてゐた。

——茲は危さうだな。

——ええ。

運転手は笑つて点頭《うなづ》いた。しかし、一向に危がつてゐるらしくもなかつた。車は間も無くトンネルを——と云つても長さ二十米ばかりの奴だが——潜り抜けた。トンネルを潜り抜けると、右手前方に人家が見え出した。

——あれです。

運転手が云つた。それは僕の旅行の目的地A温泉に他ならなかつた。次第に左手の山が後退して行つた。車はいま迄の道を捨てて、人家の塊つてゐる部落の方へと下つた。そして、一分と経たぬ裡に僕は谷間のささやかな部落の入口に降り立つた。

そこは三、四軒の売店と、赤い郵便函を掛けた郵便局のあるちつぽけな広場であつた。広場——しかし、それは空地と云つた方がいいかもしれない。広場の隅には葉を茂らせた巨きな桜の樹が立つてゐた。その涼しい樹蔭で悉皆蔽はれてしまふほど、広場は小さかつた。広場の片隅には、皮の附いた杉の丸太が積んであつた。その丸太に足を掛けて、僕は靴の紐を結び直した。

五分后には、僕は友人Nのやつてゐる宿に辿り着いた。

A温泉——と云つても極く小規模なものらしかつた。見たところ、旅館らしいものは三、四軒しか無かつた。Nの宿はその一番外れにあつた。余り上等な代物ではないが、それは一向に差支へなかつた。僕はNの所で自宅用として用ゐてゐる離れを提供されたが、これは有難かつた。離れは川に面してゐて、高さ五米ばかりの石垣の下を水が流れてゐた。川は思つたより浅く、清冽な水が石の上を流れてゐた。所どころに大きな岩があつた。それから川下に一つ、吊橋が見えた。

——吊橋はこの上にも一つあるよ、とNが云つた。尤も、茲からは見えないが。

対岸には低い山が続いてゐて、山裾に幾らか耕地があつた。耕地のあちこちに数軒農家らしいものが点在してゐた。Nの話だとこの辺の連中は百姓と炭焼と両者を兼業にしてゐるらしかつた。僕は耳を澄した。

——……。

——河鹿だよ、とNが云つた。

入浴を済せると、僕は散歩に出ることにした。川下の吊橋を渡る手前の所で、僕は一軒の家に眼を留めた。それは僕の辿る路からかなり上方の斜面に建てられた山小屋風の家であつた。普通の住居としては、この山間の部落に至極不似合なものとしか思へなかつた。斜面に生ひ茂つた樹木の緑のなかに赤い屋根と白い壁を見せてゐるその家は、悉皆窓を閉してゐた。人がゐないのかもしれない。誰かゐるとすれば、当然窓が開いてゐていい筈だから。

吊橋を渡ると、川上のもう一つの吊橋が見えた。僕はその吊橋に向つて川沿の径を歩いて行つた。対岸の三、四軒並んだ川つぷちの旅館の窓は、大抵、開け拡げられてゐた。人のゐる部屋もあつた。ゐない部屋の方が多かつた。新聞を読んでゐる男、窓に頬杖突いてゐる女、寝そべつて話してゐる三人の男女――一軒の旅館の窓からはピンポンに興じてゐる七、八人が見えた。

径に沿つて桜の樹が植ゑてあつた。その一本の幹に蟬が止つて鳴いてゐた。僕が近附くと蟬は鳴止んだ。蟬は手を伸せば届く所に止つてゐた。捕へようとしたら蟬は失礼にも、ちつ、と僕の手に水を垂らすと飛去つた。

――シケイダ。

僕は悉皆忘れてゐた単語を想ひ出した。シケイダは失敬だ、と僕は考へた。

川上の吊橋の袂《たもと》で、僕は瀟洒《せうしや》な建物を見た。石の門柱にはホテルと云ふ字が読まれた。いま迄見た四軒の宿がこの土地を代表するものだと思つてゐた僕は、ちよいと面喰はざるを得なかつた。硝子張りの入口からロビイが見えるが、人影は無かつた。ラヂオか蓄音器か判らぬが、歌声が聞えた。確か、ラ・ヴイ・アン・ロオズとか云ふ唄であつた。

――薔薇色の人生。

このホテルの所で川は大きくカアヴして川幅が広くなつてゐた。ホテルの下には、白く乾いた石ころだらけの河原があつた。河原には釣をしてゐる人が一人ゐた。僕は吊橋の傍から河原に降りた。近附いて行くと、釣をしてゐる人はちよいと此方を振向いた。麦藁帽子を被つて浴衣掛の男であつた。麦藁帽子の下から、大分、白くなつた頭髪が覗いてゐた。魚籃《びく》を覗いて見たが、一匹も入つてゐなかつた。

——どこにお泊りですか？

男は流の方を向いた儘云つた。僕はNの宿の名を告げ、何を釣つてゐるのかと訊ねた。

——鮠《はや》、と男は云つた。尤も、一向にかかりません。

対岸の高い崖の上の道を、一台の青いトラックが通つた。その後から赤いバスが来て停つた、と思ふと、窮屈さうに方向転換を始めた。僕がバスを利用したとすると、多分このバスで着いたことになるのだらう。方向転換を終へたバスから、運転手と車掌が降りて来ると、崖の上の白いペンキ塗の建物に消えてしまつた。

——バスは玆が終点ですか？

——終点です、と男は僕を見た。いつお出でになつた？

——さつき着いたばかりです。一時間ばかり前に……。

ホテルの方から若い男が出て来て、男に声を掛けた。

——先生、どうですか？

男は黙つて首を横に振つたに過ぎなかつた。釣する男は、ホテルの客かもしれなかつた。僕は河原から路に上り、吊橋を渡つた。それから、再び例のちつぽけな広場を通つてNの宿に戻つた。どうやらこの散歩で、僕はこの部落の殆どすべてを見たことになるらしかつた。帰つてみると、些か疲れてゐたから寝転んだ。寝転ぶと、窓から緑のなかの赤い屋根が見えた。

——あの家は何だい？

僕はNに訊ねた。Nの話だと、それはS市の或る大きな病院の院長の別荘だと云ふことであつた。S市から玆迄は、汽車で半時間、更に車で二十分、合計一時間足らずで来られる。院長はちよいちよいこの別荘を利用してゐるらしかつた。尤も院長と云つても、病院は殆ど息子に任せ切りらしく暢気な身分らしかつた。

——この川でよく釣なんかやつてるよ、とNは云つた。腕前のほどはよく判らんが……。

僕は河原で釣をしてゐた男を想ひ出した。僕は知らぬ間に、或るメロディを口誦《くちずさ》んだ。

——薔薇色の人生。

その夜、僕はNと酒を飲み遅く迄話し込んだ。僕等は愉快な時を過した。Nは何やら霊魂不滅を本気で信じ込んでゐるらしい口吻を洩らし、剰へ幽霊の存在も肯定し兼ねない口調で僕を煙に巻いた。川の音が絶えず僕等の話の伴奏をした。

寝る前、僕は川に面した窓を開いた。夜になると冷えるから、窓は閉めてあつた。窓を開くと川の音は急に高くなつた。川は黒かつた。対岸の山も黒かつた。僕は一面の闇を眺めた。Nに云はせると、この闇のなかに無数の神秘が隠されてゐるに違ひなかつた。しかし、僕は何も発見出来なかつたから、もう一つの窓を開いた。

そして、僕は発見した。上方一面の黒い斜面のなかに一つの灯影を。それは例の赤屋根の別荘の灯に相違無かつた。

——いつの間に点いたのかしらん？

と、僕は考へた。

——院長はまだ眠らないのだらうか？

と、僕は考へた。

僕の推測に依ると、河原で釣をしてゐた男はNの云ふ院長に他ならなかつた。と云ふのは、Nが僕に告げた院長の風貌は、その儘河原の男に適用出来たから。僕は闇のなかの灯影を少しの間眺めて、それから、窓を閉めると眠りに落ちた。


翌朝、僕は遅い朝食を済せると散歩に出た。

川下の吊橋の手前で、僕は赤屋根の別荘を見上げた。別荘の窓は閉されてゐた。院長はまだ眠つてゐるのかもしれない。僕は昨日と同じ路を歩き、川上の吊橋の所で河原に降りてみた。釣をしてゐる人はゐなかつた。僕は流に石を投げた。五つほど投げてから引返さうとして、僕はちよいとばかり驚かぬ訳には行かなかつた。

——これはどう云ふ訳だらう？

ホテルの河原に面したヴエランダに院長が——或は院長に他ならぬ筈の男が、椅子に凭れて坐つてゐた。その様子からすると、彼は当然ホテルの客としか思へなかつた。彼は何か考へ込んでゐるらしかつたが、眼を上げて僕を認めると声を掛けて来た。

——散歩ですか?

僕は少しヴエランダの方に歩み寄つた。

——今日も釣をなさるんですか?

——他にすることも無いから、と彼は云つた。さうなるでせうな。

僕は僕の疑問を解決したかつたが、さう簡単に訊けるものでもなかつた。しかし、幸ひなことに、このとき彼は良かつたら少し話して行かぬかと誘つた。何故さう云つたのか判らないが、他にすることも無いためだらうと僕は解釈した。

僕がホテルのロビイに這入つて行くと、彼は奥の方から出て来た。僕等は川に面した大きな窓の近くの椅子に向ひ合つて坐つた。窓の外には赤と黄のカンナが咲いてゐて、カンナを揺する川風が窓から絶えず流れ込んで来た。彼は僕が初めてこの地へ来たことを知ると、この地方の歴史のやうなものを話して呉れた。それはNが僕に話して呉れたのと大差無いものだつたが、僕は知つてゐるなぞと失礼なことは云はなかつた。

——よく茲へ来られるんですか?

——ちよいちよい来ます、と彼は云つた。

――いつも、と僕は訊ねた。茲にお泊りですか？

――さうでもない、と彼は何故か苦笑した。実は茲に別荘みたいなものを持つてゐましてね、そつちへ泊ることが多い。

僕は烟草に火を点けた。僕は満足した。疑問の一つが解決出来たから。僕は彼に、その別荘なら知つてゐると告げた。彼はちよいと驚いたらしかつた。

――ほう？

僕は最初その別荘に興味を持つたこと、及びNの説明を聞いたことを話した。彼は点頭きながら聞いてゐたが、何も云はなかつた。

――僕の部屋の窓から見えるんですよ。

――ほう？

昨夜は遅く別荘に行かれましたね？　しかし、この質問は差控へることにした。院長は吊橋の方を見てゐた。しかし、吊橋には午前の陽射が落ちてゐるばかりで、何ら変つたものは見られなかつた。

――若い裡は、と院長が独言のやうに云つた。いいですね。羨しい。全く羨しい。

僕は彼の白髪と皺の多い皮膚を見た。

僕は一時間ばかり彼と話してから、ホテルを出た。それ迄に、僕は彼が僕の来た日の午前このホテルに着いたこと、更に二、三日はホテルに滞在する予定であることを知つた。何故別荘に泊らずにホテルに泊つてゐるのかそれは判らなかつた。恐らく、食事や何かで不便を感ずるためかもしれない。別れ際に彼は妙なことを云つた。実を云ふと、自分は所用で上京したことになつてゐるのだ、と。

——はあ？

僕はちよいと面喰つた。

僕は吊橋を渡りながら、振返つた。ロビイには誰もゐなかつた。吊橋の袂に一台、いい車が停つてゐた。車を拭いてゐた若い男は僕に燐寸《マッチ》が無いかと訊ねた。僕はホテルで貰つた燐寸を差出した。

——うちの燐寸だ。

と若い男は呟いて笑つた。お蔭で、その車がホテルの車だと判つた。更に、これ迄院長が食事をするためにホテルを利用したことは何度もあるが、泊るのは今度が初めてだと云ふことも知つた。

——いい車だね。

若い男は笑つた。

——これでちよいちよいS市迄飛ばすこともあるけれど、と若い男は自慢した。実に快適ですよ。

——S市迄？　遠いんぢやないのかい？

——なあに、直ぐですよ、と若い男は髪を撫で附けた。院長先生だつて大抵車で来られるらしいですよ。

僕は若い男と別れた。

その夜、僕は部屋で本を読んでゐた。すると話声がして、庭の方からNが院長を案内して現れた。

——散歩の序《ついで》に、と院長は云つた。ちよつとお寄りしました。

僕等はNも交へて暫く話をした。Nは例に依つて超自然界に就いてお喋りして僕と院長の頭を怪訝しくさせた挙句、用事があるからと退散してしまつた。僕は窓から別荘の方を見上げた。一面の闇であつた。

——なかなか面白い方ですな、と院長はNのことを云つた。お邪魔ぢやありませんか？

——いいえ。

——超自然の話ぢやないが、と院長は云つた。こんな話はどうですか？

院長は反応を計るらしい顔で僕を見た。それから次のやうな話をした。

……大きな屋敷があつて、そのなかに全然使用してゐない建物がある。使用してゐないから、無論、灯も点かない。或る日、その屋敷の主人は庭を歩いてゐて、使用してゐない建物の窓の下に一匹の蟬の死骸を発見した。彼は蟬が死んでゐるなと思つたに過ぎなかつた。その事実は、気に留めるには余りにも些細なことに違ひなかつた。

……それから何日かして、或る晩、彼は窓に虫が激しく打つかる音を聞いた。その虫が蟬か甲虫か黄金虫か、それは判らなかつた。それは判らなかつたが、彼は彼の何気無く看過した些細な事実が急に重要な意味を帯びて来るのに気が附いた。蟬が窓の下に死んでゐたのは、窓に打つかつて死んだのではなからうか？　窓に打つかつて——当然、その窓のある部屋には灯が点つてゐたと考へられねばならない。日頃全く使用しない建物の筈なのだが——……。

僕はまだ続くものと思つてゐたが、院長の話はそれで終になつてしまつた。

——どうです？　と彼は云つた。

僕は考へた。——蟬の死骸。シケイダは失敬だ、と。何故そんな話をしたのか、僕には判らなかつた。

——それで、どうだつたんですか？

——いや、と彼は苦笑した。どうだつたのか私にも判つてをりません。

院長が帰ると云ふので、僕は一緒に庭先迄出てみた。

僕は愕然とした。別荘に灯が点いてゐた。院長は無言で、灯影を見てゐるらしかつた。暗くて表情は判らなかつた。僕も何も云はなかつたが、瞬間ではあるがNに共鳴したいやうな気持を覚えた。

——あの窓の外に、と院長は云つた。明日の朝、蟬が死んでゐるかもしれない。

院長は低い声で笑つた。しかし、僕は笑はなかつた。僕は黙つてゐた。夜の風は冷たく、川の音が喧しかつた。僕は気が附いた。他愛も無いことだ、と。院長の家族がやつて来たに相違無かつた。僕は笑つて云つた。

——おうちの方が見えたやうですね？

——さうかもしれません、と院長は云つた。上京してゐる筈の私が顔を出すとまづいだらうな。

院長は、ぢや、と云つて歩き出さうとしたが、立停ると此方を振返らずに訊ねた。

——昨夜はどうでした？

——昨夜？

——灯が点いてゐましたか？

——昨夜は、あなたが泊つたんでせう？

——灯が点いてゐたんですね？

——点いてゐました。

——おやすみなさい。

と、院長は云つた。

院長の言葉から判断すると、院長は昨夜ホテルに寝たとしか考へられなかつた。ぢや、何故、夜遅くなつて別荘に灯が点つたのか？　僕には見当が附かなかつた。床に就く前ちよつと顔を出したNに、僕は院長の家族が別荘に来たらしいと告げた。Nは妙な顔をした。Nもよくは知らないらしかつた。院長の家族と云ふのは医者の息子夫婦と院長の二度目の若い細君だけで、その連中はこんな山のなかはお気に召さぬらしく、嘗て一、二度来たことがあるが、その后絶えて姿を見せぬらしかつた。

——しかし、灯が点いてるんだが。

——そりや、院長が点けたのさ。

Nはいとも簡単に断定した。僕はその断定を別に訂正もしなかつた。

——それとも、とNは脅かすやうな声で云つた。幽霊の仕業かもしれないぜ。

——幽霊が電気を点けるのかい？　スリッパでも穿いてるかもしれないな。

——さうさ、とNは云つた。足のある幽霊だつてゐるからね。まあ、まあ、せいぜい怕い夢でも見るんだな。

僕はもう一度、窓から別荘の方を見たが、もう灯は見えなかつた。誰が眠つてゐるのだらう？　僕は床のなかで本を読続けることにした。それは或る野心家の一生を描いた至極面白い伝奇物語であつた。僕は時の経つのを忘れて活字に眼を走らせてゐた。

——……？

そのとき、僕は車のドアが閉るやうな音を聞いた。それから、車が走り出す音を。時計を見ると、もう四時に近かつた。都会なら一向に珍しくない。しかし、こんな山のなかでその頃車を走らせると云ふのは大いに不思議に思へた。或はそれは僕の幻聴かもしれなかつた。僕は耳を澄した。河の音が聞えるに過ぎなかつた。

翌日、僕が起きたのはもう昼近い頃であつた。僕が眼を醒《さま》したのを知ると、Nがやつて来た。

——よく寝るな、とNは云つた。天下泰平と云ふ所だな。

——遅く迄本を読んでたもんだからね。

——車が落つこちやがつてね、Nが云つた。いま、大騒してる最中さ。

——車？

——うん、トンネルの先のカアヴの所でね、あそこは慣れないと危いんだ。

Nの話だと、その車には二人の男女が乗つてゐて、男が運転してゐたものらしかつた。カアヴの所で運転を誤つたものらしく、車は三十米ばかりの高さの断崖から、真逆さまに下の溪流に墜落して大破した。無論、二人の男女は死んでゐた。即死したに相違無い。今朝、十時頃、山へ這入らうとした男が車を発見して報告したので大騒になつた。

——乗つてたのは誰だい？

——それはまだよく判らないらしいんだ。しかし、車はS市の奴で自家用らしいな。

それから、Nはどうも判らないことがあると云つた。大体、落ちた場所から見て此方から出発したと見て間違無いが、そんな男女を泊めた宿は一軒も無いことだ、と。

——宿屋ぢやなくたつて泊る所はあるだらう？

――そんな所あるもんか。

――別荘はどうだい、この上の……。

Nは黙り込んだ。Nは黙つた儘僕の顔を見てゐた。それから、額を片手で叩きながら行つてしまつた。

僕は朝食兼昼食を済すと散歩に出た。川下の吊橋の所で、僕は別荘の窓が閉つてゐるのを見た。川上の吊橋の所で、僕は河原で釣をしてゐる院長を見た。僕が近寄つて行くと、院長はちよいと僕を振返つた。

――昨夜はどうも。

僕は魚籃を覗いてみた。一匹も入つてゐなかつた。

――車が墜落した話、お聞きになりましたか？

――ああ、と彼は流を見た儘云つた。さつきちよつとホテルの主人に聞きました。

――S市の車ださうですね。

――さう聞きました。

一台の自転車が吊橋を渡つて来た。自転車の男はホテルの前で自転車を降りると、ホテルに這入つて行つた。間も無く、ホテルから一人の若い男が河原に走り出して来た。昨日、車を拭いてゐた男であつた。

――先生、と彼は院長に云つた。ちよつと主人が来て頂きたいと申してをりますが。

院長は訝るらしい顔をすると、若い男に釣の道具を持つて来て呉れるやうに頼んでホテルの方に歩き出した。しかし、振向くと、僕の傍に歩み寄つた。

——いつ迄ゐますか？

——明日帰るつもりです。

——もしかすると、私は今日引揚げるかもしれません。

僕は河鹿の声を聞いた。院長は疲れたやうな顔をしてゐたが、僕の顔を見ると何やら揶揄するらしい表情を浮べた。

——昨夜はNさんから面白い話を聞きましたな。落ちた車を運転してゐた男は、案外、幽霊を見て驚いたのかもしれない。

さう云ふと、彼は低声《こごゑ》で笑ひながらホテルの方に歩いて行つた。僕はその後姿を見送つた。僕の耳許で、若い男が云つた。

——あの先生の奥さんが死んだんですよ、乗つてた車が崖から落つこつて。

僕は黙つて院長の後姿を見てゐた。院長の姿は直ぐホテルに消えてしまつた。

——あのカアヴは危い所だね。

——なあに、と若い男は云つた。危いもんですか。何故落ちたかさつぱり判りませんよ。酔つ払つてたのかな？

僕は内心考へた。——いや、幽霊を見たのだらう、と。

僕は若い男に別れると吊橋を渡つた。吊橋を渡りながら、僕は口癖のやうになつてしまつたメロデイを口誦んだ。——薔薇色の人生。

その日の午后遅く、僕はNと二人、ホテルに行つた。院長はホテルのいい車で帰つたと女中が云つた。落ちた男女の方もS市に運ばれたらしかつた。僕等はロビイでビイルが飲めるかどうか訊ねて、ビイルを飲むことにした。

——院長はどんな気持かな？　とNが云つた。

——さあね。

——奥さんが死んだのは悲しいことだらうが、とNは云つた。よその男と逢曳してゐたとなると面白くないだらうしね。

——どんな気持かな？　と僕は云つた。判んないね。

恐らく、と僕等は考へてゐた。院長夫人は秘密を保つためにこの山のなかの別荘を密会の場所に選んだ、そして、車でやつて来て、夜の明けぬ裡にまた車でS市に戻ることにしてゐたのだらう、と。

まだ夕暮にはならなかつたが、川から吹いて来る風は少しばかり冷たかつた。

——昔はよくビヤホオルで飲んだな、とNが云つた。あの頃は面白かつた。

——うん、面白かつた。君は釣はしないのかい？

——釣？ しないこともないよ、とNが云つた。院長よりは上手いだらうな。

——どうかね？

——いや、上手いさ、とNが云つた。この上流に行くと岩魚《いわな》が釣れるよ。

——釣つたことあるかい？

——釣つたことは無いが。

——上流に行くと高い山が見えるかい？

——高い山？ とNは考へた。ちよいと待てよ。

僕は来るとき車から見た、雪を頂く青い山を想ひ出した。低い山の間から見える遠い青い山はひどく美しかつた。トンネルを抜けると大きなカアヴがあつて、上に「危険」と朱い字で書いた札がぶら下つてゐる。そこは危い。闇のなかを車を走らせて行くと突然ヘツド・ライトが何かを映し出す。何か思ひ掛けないものを。ハンドルを切損ずると、待つてゐるのは断崖と墜落と死だけだ。しかし、そんなことは滅多に起らない。カアヴを曲ると遠く雪を頂く青い山が見えて来る。今度は左手に。僕はその山を明日再び見るだらう。

——高い山は見えないね。

と、Nが云つた。


〔1956（昭和31）年「文學界」6月号 初出〕

女雛

彼女の家は旅館であつた。

彼女の父は、その古ぼけた旅館の暗い帳場に、終日、坐り込んでゐることが多かつた。慢性胃弱とやらに悩まされてゐて、苦虫を噛み潰した表情を浮べた儘、滅多に笑顔も見せない。幾らか猫背気味に坐り込んで、眼ばかり動かしてゐた。さう云ふ父は、彼女に父親らしい言葉を掛けて寄越すことも尠かつた。しかし、偶に近くの大きな町に出掛けたときなぞ、彼女への土産を忘れたことの無いのも事実であつた。妙なことにその殆どが人形であつた。

だから、偶に父が出掛けたときなぞ、彼女の母は、

——また、お人形だよ。

と笑ふ習慣になつてゐた。また事実、彼女の父は大抵人形の箱を抱へて帰つて来たが、その人形を直接、娘に渡すことはしなかつた。母から土産の人形を受取つても、彼女は人形には些か食傷気味になつてゐてさまで嬉しいとも思はない。しかし、娘の気持には頓着無く、母は父に娘がひどく歓んでゐたと報告することを忘れなかつた。そのときだけ、日頃苦虫を噛み潰したやうな父の顔を一瞬幽かな笑が過《よぎ》つた。

その旅館は、桜の木の多い静かな田舎町にあつた。名所旧蹟にも乏しく、温泉が湧くと云ふ訳でも無い。だから、旅館の客と云ふのも、旅の商人とか地方廻りの画家と云ふ連中が多かつた。しかし、どんな客が泊らうと、彼女には縁が無いと云つて良かつた。彼女は八手の葉を茂らせたささやかな庭に面した居間で、独り遊んでゐることが多かつた。

無論、外へ行けば遊び相手が無いことは無い。しかし、彼女が遊び相手に撰ぶのは人形の方が多かつた。旅館には番頭や女中がゐて、旅人が来てはまた立去つて行く。そんな旅館の生活の片隅に、彼女は却つてささやかな孤独の世界を形造つてゐたのかもしれなかつた。

孤独な世界——しかし、そこに一人の旅人がちよいと足を踏み入れたことが一度ある。それは髪を長く伸して黄色い顔をした地方廻りの中年の画家であつた。或る日、彼女が庭で絵を描いてゐると、二階の廊下から見降した画家はのこのこ庭迄降りて来た。

——ちよつと貸して御覧。

画家は彼女から画用紙とクレヨンを取上げると、彼女が描いた庭の風物に手を加へた。彼女は自分の下手な絵が忽ち見事に描き変へられて行くのを呆気に取られて眺めながら、その画家はひどく偉い人なのだらうと考へた。画家は手を加へた絵を彼女に渡して、先づ最初は黄色を用ゐて輪郭を取らねばならぬと彼女に教へた。

それから暫くして、彼女が女学校に入つたとき、黄色で輪郭を取る彼女に若い絵の教師がその理由を訊ねた。彼女が画家の言葉を伝へると、その若い教師はいとも簡単に彼女の偶像を破壊した。

——そりや、へぼ画描きだよ。

何故へぼ画家なのか、彼女には判らなかつた。それでも彼女は黄色い顔をした画家を莫迦にする気にはなれなかつた。彼女の絵に手を加へた后で、画家は彼女に何でも望みのものをひとつ描いてやらうと云つて、彼女の持つてゐる女雛《めびな》を描いて呉れたから。もし、女雛を描いて貰はなかつたら、彼女のその画家に対する評価も教師の言葉と共に下落したかもしれない。

彼女は相手にして遊ぶ人形にはこと欠かなかつた。父の土産の人形だけでも、日本人形や西洋人形がかなりあつた。しかし、どう云ふものか、彼女はどうして持つてゐるのか自分でも判らぬ古びた女雛に妙に愛着を覚えてゐた。母が嫁入のとき持参した雛人形一揃があつて、それを出して飾るのは彼女にとつて無上の歓びだつたが、それは年に一度しか出せない。

彼女が日頃相手にして遊ぶのは、だから、その雛ではなかつた。その女雛は男雛と対《つゐ》になつてゐるのでもなかつた。普段、弄んでゐるからかなり汚れてしまつてゐた。金糸銀糸の縫取のある衣裳も色褪せたり、擦切れたりしてゐる。のみならず、その端麗な女雛の片頬には粗い地肌が覗いて見える疵《きず》が附いてゐた。だから、その女雛は彼女の持つてゐる数多くの人形のなかでも一番古ぼけた見すぼらしいものと云つて良かつた。

——不思議だね、どうしてあんな古ぼけた雛人形なんか可愛がるのかしら?

彼女の母は、女中と一緒に不思議がつたりした。彼女自身も、その理由は判らないのに相違無かつた。彼女は、その女雛にときをり人間に話し掛けるやうに話し掛けたりした。無論、人形は何も答へず、表情も変へない。しかし、彼女はその人形の返答を聞き、その表情の変化を認めたやうな気がしたりした。その女雛の顔は、雛人形の顔によくある幾らか笑を含んだ、而《しか》も何の感情も示してゐないものである。しかし、凝つと見詰めてゐると、彼女はその動かない顔の下に、幾つかの表情を読取ることが出来た。その裡でも、最も多く読取つたのは、寂しい表情だつたかもしれない。それは多分に彼女自身の内心の反映だつたと云つて差支へなかつた。

彼女が十四の年の春、彼女に初めてmenstruationがあつた。それは、その地方では少女期との訣別を意味した。少女期に訣別して一人前の女になつた印として、子供の頃から一番大切にしてゐたものを水に流さねばならない風習があつた。その故事来歴は、彼女の母も詳《つまびら》かにしなかつたが、その行事を行はねばならぬことだけはよく知つてゐたのである。

一番大切にしてゐたもの……。

——さうね、お前はあのお雛さまを流すんだね。

彼女は尠からず胸を痛めた。彼女もその頃になると、女雛相手に遊んでばかりゐる訳でも無かつた。一体、いつから女雛を相手にするやうになつたのか？　彼女は知らなかつたが、昔から可愛がつてゐた女雛を手放すなんて到底考へられなかつた。と云つて水に流すとすれば、女雛以外にあり得ないのも明白であつた。彼女は居間に坐つて、女雛を抱いて泣く他無かつた。

そのとき、一人の中年の女中の言葉が彼女の心に残つた。

——何遍も泣いて女になるんですよ。

その意味はよく判らなかつたが、彼女はその言葉に、判らぬながらも妙に心の和むのを覚えたりした。

彼女自身は一向に嬉しくなかつたが、彼女の母は赤飯を炊き、彼女のために祝の料理を拵《こしら》へた。珍しく三人揃つて食事したときも、慢性胃弱の彼女の父は相変らず苦虫を潰した顔をして、つまらなさうに料理を眺めては、ときをり何か摘んで口に運ぶに過ぎなかつた。しかし、彼女の母が彼女の結婚の話なぞ持出したときには、珍しく低声で笑つてその早計を窘めたりした。

食事が終ると、彼女は番頭の作つて呉れた紙の舟に女雛を乗せ、それに少しばかり赤飯なぞを添へたのを片手に持ち、片手に提灯を持つて家を出た。独りで水に流すことになつてゐるから、誰も随いて行かない。彼女の家から二町ほど行つた所に小川がある。そこに流さうと云ふのであつた。

暖い春の夜であつた。二町の路はひつそりしてゐて人影も無かつた。それは彼女にとつて有難かつた。女雛を流しに行く所を人に見られたくなかつたから。空には朧月《おぼろづき》がかかつてゐて、彼女の手にした提灯もその必要は無いと云つて良かつた。

——……。

彼女は何か人声を聞いた気がして振返つた。しかし、彼女の眼には黒い家竝《やなみ》と、黒い路が見えたに過ぎなかつた。彼女は何やら心細くなつて足を速めた。古い築地沿の路を歩いて行くとき、彼女はもう一度、人声を聞いたやうに思つた。彼女はもう一度振返つた。人影は無かつた。築地の上から路に桜の木が枝を伸してゐて、路には桜の花片《はなびら》が夜目にも白く散り敷いてゐるばかりである。彼女はひどく心細い気持になつた。そこで、女中や番頭の話題に上る原始的な神々の名を、矢鱈に心に念じながら歩いて行つた。多分、それらの神々が彼女を護つて呉れたのかもしれない。その后、彼女は一度も妙な人声を聞かずに小川に辿り着くことが出来た。

小川には水が豊かに流れてゐた。彼女は低い土堤に蹲踞《しやが》み込むと、手にした提灯の明りで紙の舟に乗つた女雛を眺めた。女雛は相変らず無表情である。しかし、彼女には女雛が泣いてゐるのが判つた。さう云ふ彼女もいつの間にか涙を浮べてゐたりした。彼女は女雛にそれ迄何遍か繰返した文句を内心もう一度繰返した。水に流すのを許して呉れと云ふ謝罪の文句を。それから、静かに水に舟を浮べた。すると豊かな水は、忽ち女雛を乗せた舟を運び去つてしまつた。

彼女は片手に提灯をぶら下げた儘、立つてゐた。しかし、女雛を乗せた舟はもう見えず、人気の無い小川の縁に独り立つてゐるのに気附くと、急に淋しくなつた。と云ふよりは怕くなつた。先刻《さつき》、人声を聞いた気のする路はもうとても二度と歩く気がしない。そこで、遠廻りにはなるが、大通に出て帰ることにした。

彼女は小川から半町ばかりの路を、殆ど走り続けて大通へ出た。大通へ出ると商店が竝んでゐて、賑かとは云へぬ迄も人通りもあるし大分明るいのである。彼女は大きく何遍も呼吸した。それから、提灯の灯を吹消した。

——もし、もし。

そのとき、呼び掛ける声がした。振返ると見知らぬ若い美しい女が立つてゐて、彼女に訊ねた。

――明石町にはどう参つたら宜しいのでせうか？

彼女は吃驚した。その女はひどく美しかつた。それに、その小さな田舎町では道を訊く人は滅多にゐない。彼女は何やら恥しいのを我慢して、叮嚀《ていねい》に道を教へてやつた。すると、その女は美しい笑顔になつて頭を下げた。

――どうもいろいろ有難うございました。どうぞお元気で。

それから、静かに歩み去つた。往来にも何本か巨きな桜の木が枝を伸してゐる、その花の下を。彼女はぼんやりその後姿を見送つた。彼女には、その女の言葉に納得が行かなかつた。単に道を訊いた礼の言葉としては相応《ふさは》しくない気がする。それは見知らぬ女に相違無かつたが、どこかで見た気がするのも不思議と云つて良かつた。尤も、女は終始横顔しか見せなかつたから、どこかで見たとはつきり云へる訳のものでも無かつたけれども……。

彼女の家では父母は無論、番頭や女中も彼女の帰りが遅いのをひどく心配してゐた所であつた。彼女は忽ち質問攻めに会はねばならなかつた。

――無事に流したか？

――どの道を帰つて来たか？

――誰かに会はなかつたか？

当然、彼女は道を訊いた女のことを話さぬ訳には行かなかつた。同時に、彼女の疑問も附加せずにはゐられなかつた。すると、彼女の母は何か想ひ出したらしく驚いた声を出した。

——明石町ですつて？

それから、こんな話をした。まだ彼女が二つか三つの頃、母に連れられて外出したことがあつた。そのとき、母の背中に負はれてゐた彼女が急に足を踏んばつて、一軒の古道具屋の店先を指した。母は何のことか見当が附かぬ儘に歩き続けようとした。すると、背中の子供は大声をあげて泣き出した。止むを得ないから古道具屋に逆戻りすると、彼女は至極上機嫌らしく頻りに古道具屋の店先を指し続ける。彼女の求めるものが何か判つたとき、彼女の母は呆れぬ訳には行かなかつた。店先に古い女雛が置いてあるのを、欲しいと云つて肯《き》かなかつたのである。

——こんな半端ものだけれど、折角欲しがるものだから買つておやんなさい。

古道具屋の親爺も、彼女の希望には些か呆れたらしかつたが、さう彼女の母に勧めたりした。彼女の母は一向に気が進まなかつた。とは云へ、強情にせがむ彼女に買ひ与へぬ訳にも行かなかつた。

——妙な子供だ。

母から話を聞いた父はさう云つた。彼女の父が人形を土産にするやうになつたのは、この一件が念頭にあるためかもしれなかつた。しかし、彼女はその女雛以外の人形にはさして興味を覚えぬらしかつた。のみならず、妙なのは、その古びた女雛を欲しがつたときの他、その后彼女がものを欲しがつた例が無いと云ふことであつた。

……彼女は初めて聞く母のその話に、熱心に耳を傾けた。それは、全く彼女の記憶に残つてゐなかつた。彼女は庭の八手が風に揺れるのに思はず首をすくめた。すると、矢張り庭に眼をやつた彼女の母は、何やら納得の行かぬらしい顔でかう云つた。

――それがね、そのお雛さまを買つた店と云ふのが、明石町にあつたんだよ。

〔1955（昭和30）年「別冊文藝春秋」8月号初出〕

黒と白の猫

妙な猫がゐて、無断で大寺さんの家に上り込むやうになつた。或る日、座敷の真中に見知らぬ猫が澄して坐つてゐるのを見て、大寺さんは吃驚した。それから、意外な気がした。それ迄も、不届な無断侵入を試みた猫は何匹かゐたが、その猫共は大寺さんの姿を見ると素早く逃亡した。それが当然のことである、と大寺さんは思つてゐた。ところが、その猫は逃出さなかつた。涼しい顔をして化粧なんかしてゐるから、大寺さんは面白くない。

――こら。

と怒鳴つて猫を追つ払ふことにした。

大寺さんは再び吃驚した。と云ふよりは些か面喰つた。猫は退散する替りに、大寺さんの顔を見て甘つたれた声で、ミヤウ、と鳴いたのである。猫としては挨拶の心算だつたのかもしれぬが、大寺さんは心外であつた。

――おい、おい。

大寺さんは大声で細君を呼んだ。その声を聞くと、どう云ふものか、猫は面倒臭さうに立上つてゆつくり縁側から庭に降りて行つた。

――あの猫、どこの猫だ？

大寺さんは顔を見せた細君に訊ねた。猫は庭のポポの木に身体をこすりつけながら、縁側にゐる大寺さん夫婦を振返つた。

――さあ、どこの猫かしら？　この頃、ときどき上つて来るのよ。

——おい、って呼ぶのを聞いたら出てつたぜ。妙な猫だ。

——あたしが猫嫌ひなの、判るんでせう。

——いやに落着き払つてやがる。

——でも、あの猫、そんなに厭ぢやないわ。

——ふうん？

大寺さんは妙を顔をした。大寺さんの細君は昔から猫が嫌ひである。一度は猫が窓から覗いたと云つて、とんでもない悲鳴をあげたことがある。学校時代親しかつた友人の所にも、猫がゐると云ふ理由で敬遠して行かない。だから、大寺さんの家では犬は二度ばかり飼つたことがあるが猫には縁が無い。その細君が、その猫はそんなに厭ぢやないと云ふから、大寺さんは不思議に思つたのである。

——兎も角、怪訝しな猫だ。何しに来るんだらう？

大寺さんはポポの実が気になつたから、庭に降りて、一つ、二つ、指で圧してみた。ポポの実は青く、まだ固かつた。大寺さんは序に猫の姿を探したが、もうどこにも見当らなかつた。猫が何故上り込むか、その理由は間も無く判明した。三、四日して、細君が悲鳴をあげて大寺さんの所にやつて来た。大寺さんは苦々し気な顔をした。

——頓狂な声なんか出すな。

——あら、御免なさい、と細君は笑ひ出した。あの猫が鼠を捕つたのよ。

——ふうん。

捕つた鼠を咥へて、細君の坐つてゐる直ぐ傍を通り抜けたから、細君は吃驚仰天して悲鳴を発したのである。猫が鼠を捕るのは当然のことかもしれぬが、他人の家に上り込んで鼠を捕る猫がゐるとは、大寺さんも考へなかつた。大寺さんの家には鼠がゐた。近所の家では大抵猫を飼つてゐるらしく、鼠共は大寺さんの家に避難所を見出してゐたのかもしれない。従つて、猫にとつては大寺さんの家は恰好の猟場だつたのかもしれない。

——鼠を捕りに来るなら、別に追つ払はなくてもいい。

大寺さんは、その猫の出入を大目に見ることにした。

別に、その旨を猫に伝へた訳でも無いのに、猫の方は何やら心得顔に大寺さんの家に出入した。ときには、風のやうに這入つて来て茶の間にゐる細君を跳上らせた。しかし、猫は一向に恐縮した様子も見せず、澄して台所に行つて聴耳を立てたり、襖をがりがり引掻いたり、寝そべつたりした。

——まるで、自分の家にゐる気でゐやがる。

大寺さんは気に喰はないが、些か呆れぬ訳にも行かなかつた。

ときに細君が、こら、とか、しつ、と云つて猫を窘めることがある。しかし、猫は落着き払つて、細君なぞ歯牙にも掛けぬ風情を示した。大寺さんの眼には、窘める細君の方が逃腰に見える。

——お前がびくびくするから、と大寺さんは細君に注意した。猫の奴がいい気になるんだ。

——だつて、仕方が無いわ。

大寺さんと細君がそんな話をしてゐるとき、猫は素知らぬ顔でお化粧に余念が無い。小柄な黒と白の猫であるが、黒が全体の三分の二ほどを占めてゐて、彼女は——因みにこの猫は女性であるが——人間にするとさしづめ巴里《パリ》の御婦人ぐらゐには見えぬことも無い。さう思つて見ると、器量も満更悪くないのである。現に、母親に似て猫の嫌ひな大寺さんの二人の娘も、

——あの猫、案外可愛い顔をしてるわね。

と云つたりした。

のみならず、その猫は行儀が良かつた。食卓の上に食物が竝べてある所に来合せても、見向きもしない。澄して通り過ぎて、横眼も使はない。無論、物欲し気に坐り込むこともしない。これには大寺さんも感心した。

——この猫は行儀がいい。いい猫だ。

——あんまり讃めるといい気になつてよ。

ところが、大寺さんが感心したのが、猫に聞えたのかもしれない。その后、大寺さんが庭に出てゐたら、猫が垣根を潜つて這入つて来ると、ミヤウ、と鳴きながら庭下駄を突掛けた大寺さんの足に身体をこすりつけた。何だか擽《くすぐ》つたい気がして、大寺さんは、

——おい、止せよ。

と云つて歩き出したが、猫はくつついて来て離れない。

——あら、面白いわね。

窓から細君が覗いて笑つた。すると、どう云ふものか、猫は大寺さんから離れて葡萄棚の柱に頭をこすりつけた。大寺さんは何となく、猫の心理が判るやうな気がした。

猫と女は呼ばぬときに来る、と云ふのは追剝ドン・ホセの言葉だが、大寺さんは或る日、その文句を想ひ出した。郵便局迄行つた帰り、自宅の近く迄来たとき、大寺さんは例の猫が一軒の家の戸口に澄して坐つてゐるのを発見した。

——おい。

名前を知らぬから、大寺さんはさう呼んでみた。意外なことに、猫は知らん顔をして横を向いた。何だか莫迦にされた気がするが、猫を相手に怒つてみても始らない。

家に戻つた大寺さんは、細君にこの話をした。

——あの猫の野郎、知らん顔してたぜ。

ところが、細君の話に依つて、猫の坐つてゐた家が彼女の飼主の家だと判つた。尤も、細君も最近になつて漸く飼主を知つたらしかつた。大寺さんの細君は胸が悪くて余り出歩かない。自然、近所の事情にも疎《うと》いのである。

——ふうん、あの家の猫か……。

――あの奥さん、あの猫はもう勘当しましたの、なんて云つてたわよ。

――何故、勘当したんだ？

――知らないわ。

パリジエンヌは多分尻が軽いからだらう、大寺さんはさう解釈した。

――ときどき、鼠を咥へて上つて来るから困るとも云つてたわ。

――ははあ、うちの鼠だ。

――あたし、悪いから黙つてたわ。

――悪いことは無い。

大寺さんは無責任なことを云つた。しかし、捕つた鼠を飼主の家に見せに行く所をみると、猫自身は勘当されたとは思つてゐないらしい。而も、大寺さんの家を我家と思つてゐるらしい様子を露骨に示す所をみると、どうやら、猫は大寺さんの家を別荘ぐらゐに心得てゐるのかもしれなかつた。兎も角、他の猫と一緒に大寺さんの家の庭に這入つて来ても、自分だけ澄して縁に上り込む。大寺さんが見てゐるから、他の猫は垣根の近くで様子を窺つてゐる。しかし、彼女は相棒なぞそつちのけで縁に寝そべり、脚や手を舐め始める。他の猫は恨めしさうな顔をして退散するのである。

大寺さんはこの猫に就いて、米村さんに話したことがある。米村さんは大寺さんと同じ学校に勤めてゐて、ドイツ語を教へてゐる。齢は五十幾つで、大寺さんの大分先輩になるが、気さくな所があるから、二人は友達同志みたいに交際してゐた。尤も、所属する学部が違ふから、しよつちゆう顔を合せる訳では無い。ときどき、何となく会つて、会ふと酒を飲むのである。

——妙な猫がゐてね……。

と、大寺さんは、暫く振りに米村さんと会つて酒を飲みながら話し出した。

——猫だつて？

米村さんは呆気に取られた顔をした。フランスから帰つた男がゐて、巴里の女はいいとか悪いとか云つてゐたと云ふ話の途中で、急に大寺さんが猫の話を持出したから米村さんが驚いたのも無理は無い。しかし、大寺さんが例の猫の話をすると、米村さんは笑ひ出した。

——それ、ほんとに猫なのかい？

——ほんとに猫つて……？

云ひ掛けて、大寺さんも苦笑した。

——ほんとですよ、冗談ぢやない。

——失礼しました。しかし、面白い猫だね。

——妙な猫です。

——うちの奴が猫が好きでね。一度飼つたことがある。その猫が死んぢやつて、もう飼はない……。

――うちと反対だな。奥さんはお元気？

――うん、まああと云ふ所です、と米村さんは些か改つた顔をした。急に快くなることも無い替りに、急に悪くなることも無い病気ですからね。君の方はどうなの？

――ええ、此方もまああと云ふ所です。

それきり、猫の話は消えてしまつた。

大寺さんとすれば、巴里女の話から連想が妙な方向に働いて猫の話を持出したが、ただそれだけのことである。二度と妙な猫の話をする気は無い。

ところが、その次米村さんに会つたら、先方から猫の話を切出されて驚いた。

――あの猫の後日譚は無いのかい？

――猫？　ああ、相変らずやつて来るけれど、別に面白い話も無いな。何故です？

――いや、うちの奴に聞かせてやつたら面白がつてね、是非、大寺さんから続きを聴いて来て呉れなんて云ふんでね。だから……。

――ああ。

大寺さんは苦笑した。同時に、奥さんに猫の話をして聞かせてゐる米村さんの姿を想ひ浮べた。大寺さんは、米村さんの奥さんを見たことは無い。しかし、米村夫人が心臓が悪くて、大分昔から殆ど臥《ね》たきりの生活をしてゐるのを、米村さんから聞いて知つてゐるのである。米村さんには子供が無い。病身で臥たきりの奥さんと二人だけの生活がどう云ふものか、大寺さんにはよく判らない。しかし、病床の奥さんに猫の話なぞして聞かせてゐる米村さんを考へると、多少は理解出来ないことも無い。

米村さんの家には手伝の女がゐる筈になつてゐた。しかし、それがときどきゐなくなる。そんなときは、米村さんが炊事もやるらしかつた。現に、或る店で天婦羅を食つたとき、

——僕だつて結構このぐらゐには揚げられるよ。

と、米村さんは大寺さんを見て笑つた。

——何だ、料理出来るの？

——出来るよ。なかなか上手いもんだぜ。

米村さんは得意らしかつた。しかし、実際は得意だつたのではあるまい。家庭で料理を作らねばならぬ自分を逆に表現してみせたのだらう。大寺さんがそれに気附いたのは、大分後になつてからである。

一度、学校の帰りに、大寺さんは米村さんを見附けた。米村さんはベレエ帽を被つて、大きな新聞包を大事さうに抱へてバスの停留所に立つてゐた。

——どつかに行かうか？

——今日は駄目なんだよ、と米村さんは笑つた。女房の飯を作つてやらなくちやならないんでね。

——ああ、さうか。残念ですね。

――此方も残念です。

――なに抱へてるの？

――卵。

大寺さんは片手を挙げた。

――ぢやまた。

――うん、さよなら。

米村さんは片手を挙げる替りに、卵の包を持上げてみせた。

また一度は、

――病院に寄つて薬を取つて帰らなくちやならないんでね。

と云つたこともある。米村さんの生活には、大寺さんの考へも附かぬ苦労があるのに違ひなかつた。しかし、米村さんはそれらしいことは一向に匂はせなかつた。

米村さんの奥さんは続きを聴きたいと云ふ。しかし、例の猫は益《ますます》厚顔しくなつたと云ふだけで、格別の話題を提供するとも思へなかつた。尤も、厚顔しくなつたと思ふのは大寺さんの方であつて、猫の方は我家か別荘と思つてゐるらしいから、厚顔しいと云はれたら心外千萬と云ふかもしれない。

猫は、昼間は無論、しよつちゆう大寺さんの家に出入した。そればかりか、夜になつて雨戸を閉めてしまふと、とんとん、と雨戸を敲《たた》くやうになつた。入れてやると、当然のやうな顔をして這入つて来て、鼠も捕らず茶の間の卓子《テーブル》の下で眠り込んだりした。

——あの猫、図々し過ぎるわ。

大寺さんの細君は不満を洩らした。

——図々しいのは初めから判つてる。

大寺さんも面白くない。一睡りして退屈すると、猫の奴は細君の寝てゐる方に行つて、ミヤウ・ミヤウと鳴く。出して呉れと催促するのである。傍に猫が来て鳴くから、元来猫嫌ひの細君は急いで戸を開けてやる。猫は礼も云はずにひらりと姿を消してしまふ。それが大寺さんの飼猫でも何でもないのだから、大寺さんは心外でならなかつた。

剰へ、その猫は大寺さんの所に来客があると、澄してその膝に乗つたりした。或るとき、若い女性の客があつて、大寺さんが相手をしてゐる所へ、猫が這入つて来た。

——あら、とその女性は膝を叩いた。茲へいらつしやい。

無論、猫に云つたので大寺さんに云つたのではない。猫はその女性の膝に乗つかると、眼を細くして咽喉を鳴らした。

——まあ、可愛いこと。名前、なあに？

若い女性は猫に訊いた。自分が訊かれたのではないから、大寺さんは知らん顔して烟草を喫んでゐた。尤も、訊かれたとしても、大寺さんはその猫の名前を知らない。

その女性は恐らく猫が好きだつたのだらう。何とかかんとか猫に話し掛けながら、彼女を愛撫した。とは云へ、半分は大寺さんの飼猫と思ひ込んでのお世辞もあつたに相違無い。しかし、いま更誤解だと云ふ訳にも行かぬから、大寺さんは相変らず知らん顔をしてゐた。そして内心、この尻軽猫め、余りいい気になるなと腹を立ててゐた。だから、その女性が、

——猫、お好きなんでせう？

と訊いたとき、大寺さんは即座に答へた。

——いや、嫌ひです。

若い女性はひどく不思議さうな顔をした。

しかし、この猫も一度だけ失敗をやつた。猫に人を見る眼が無かつたので、その相手は吉田さんである。吉田さんは三ケ月ばかりロシアに行つて来た。その土産を持つて大寺さんを訪ねて来たのである。吉田さんも米村さんや大寺さんと同じ学校に勤めてゐて、ロシア語を教へてゐる。矢張り大寺さんの大分先輩になるが、気の若い人だから大寺さんとも親しく交際してゐる。

——これ、お土産……。

吉田さんは大寺さんに琥珀《こはく》のシガレット・ホオルダアを呉れた。それから、ポケットをがさがさ云はせて、紙包を取出した。

——これは、お土産とは云へないけれど……。

大寺さんは紙包を開いてみた。なかには、乾いた小さな花束が入つてゐた。

——何です、造花？

——いや、造花ぢやない。ちやんと匂がしますよ。

大寺さんは小さな花束を鼻に持つて行つた。何の香に似てゐるかよく判らないが、鼻の奥迄つんと沁み込むやうな香がした。仔細に眺めると、米粒ほどの黄色の丸い花が二、三十も群つて細い茎の先に附いてゐて、その茎を十数本束ねてある。花も茎も水気が無く乾いてゐるから、大寺さんは造花と間違へたのである。

——何です、これ？

——ロシア語でベススメエルトニックつて云ふんだけれど、死なない花、不死草とでも云ふのかしら……。

——死なない花？

——うん、つまり、永遠に枯れない花つて云ふ心算らしいんだ。しかし、枯れないと云つても、どの程度のことかよく判らない。この花はアルメニアで買つたんです。

何でもアルメニアに行つたとき、路傍の小さな女の子がこの花を差出して買つて呉れと云つたらしい。吉田さんは珍しいと思つて買つたが、気が附いたら自動車の窓からこの花がどつさり咲いてゐるのが見えたさうである。

——サロオヤンつて作家、アメリカにゐるでせう？

——ええ。アルメニア系の……。

——彼は毎年アルメニアにやつて来るらしいんです。来ると定宿があつて、そこに泊るらしいんだけど、僕はね、彼が泊る同じホテルの同じ部屋の同じベッドに寝ましたよ。ボオイが教へて呉れました。

吉田さんはちよつと自慢らしかつた。

——アルメニアはいいですか？

——いいですよ、連中のロシア語は僕等にもよく判る。それに美人もゐましたよ。

吉田さんは悪戯《いたづら》つぽい微笑を浮べた。

そのとき、例の猫が這入つて来たのである。真逆、美人と云ふ言葉を耳にした訳でもあるまいが、ちよいと気取つて吉田さんに近附いた。吉田さんは意外らしい顔をした。

——おや、猫を飼つたの？

——いや、此奴はうちの猫ぢやないんだ。

大寺さんは手短かに説明した。

——へえ、図々しい猫だね。

——うん、図々しい猫です。

吉田さんは猫の頭を一つ、ぴしやんと叩いた。例に依つて吉田さんの膝に上らうと様子を窺つてゐた猫も、これには面喰つたらしい。何だか、ひどく狼狽した恰好で出て行つてしまつた。

大寺さんは、米村さんの奥さんがこの猫に興味を持つた話をした。

——吉田さんが猫の頭を叩いたことも、忘れずに米村さんに報告しよう。

——不可ませんよ、そんな話をしちや、と吉田さんは笑つた。猫好きの病人に悪い。しかし……。

と、吉田さんは改つた顔をした。

——米村さんもよくやつてるね、たいへんだらうと思ふけれど……。

——なかなか偉いですよ。われわれの前で生活の愚痴をこぼしたことなんか、一度も無いでせう?

——無い、と吉田さんは大きく点頭した。なかなか偉い。真似出来ないことだね。

大寺さんは米村さんに会つたら、吉田さんと猫の話をする心算でゐた。しかし、なかなか会はなかつた。別に理由があつた訳では無い。親しい間柄同志でも、何となく会はずに過ぎてしまふことがある。何かの切掛があつて、随分暫く会はないなと気が附いたりする。

春の休が終つて学校に出た大寺さんは、七階にある研究室の窓からぼんやり外を見てゐる。斜め右手の方に病院の建物があつて、そこから白尽めの服装の女が二人広場の方に出て来るのが見えた。遠いから顔は判らないが、白尽めだから看護婦だと判る。何を話してゐるのか、無論判らない。しかし、大寺さんには二人の話声が聞える気がした。同時に消毒薬の匂を嗅いだ気がした。すると、病院のなかから、もう一人の看護婦が走り出て来て二人に近附くと、三人は小走りに病院の建物に戻つて行つた。

——何かあつたらしい。

大寺さんはぼんやりさう考へた。

そのとき、扉を敲く音がして、吉田さんが顔を出した。吉田さんは挨拶抜きでかう云つた。

——米村さんの奥さんが亡くなつたの、知つてる？

大寺さんは吃驚した。そして咄嗟に、あの病院でも誰か死んだのかもしれない、そんなことを思つた。

——亡くなつた？　いつです？

——矢張り知らなかつたの。もう一ケ月ほど前ですよ。

——知らなかつた。

——実は、僕も昨日学校へ来て初めて知つて驚いた。昨日、米村さんに会ひました。今日も来てる筈ですよ。

——早速、行つてみます。

大寺さんは五分ばかり歩いて、米村さんの研究室のある建物に行つた。二階の研究室の椅子に坐つてゐる米村さんは、大寺さんを見るとにこにこした。

——やあ、暫く。

——奥さんが亡くなつたさうぢやないの。さつき、吉田さんに聞いて吃驚した。

——ええ、到頭死にました。

——知らせて呉れりやいいのに……。

——いや、それがね、ちやうど皆さん、お忙しい時期だつたんで遠慮してね、極く内輪で済しました。

——どうも……。

大寺さんはさう云つて頭を下げた。米村さんも、どうも、と頭を下げた。米村さんは前の儘の米村さんである。一つ違つた点は、大寺さんが、

——今日は附合なさい。

と誘ふと、即座に承知したことである。その夜、大寺さんは米村さんと遅く迄酒を飲んだ。

——例の猫、どうした？

或る店で米村さんにさう云はれて、大寺さんは猫のことを悉皆忘れてゐたのに気が附いた。吉田さんと猫に就いて、米村さんに報告する心算でゐたのだが、その話を聴きたがつてゐた筈の米村夫人は既に無い。何だか、ひどく呆気無い気がしてならない。しかし、大寺さんは米村さんにその話をした。米村さんは、意外なほどその話を面白がつた。多分、奥さんが面白がる分も一緒にして、二人分面白がつてゐるのかもしれぬ、大寺さんはさう推測した。

——そいつはいいね。

米村さんは何遍も笑つた。酒場の女は、米村さんが何故そんなに面白がるのか、合点の行か

ぬらしい顔附をしてゐた。

——近い裡に、と大寺さんは提案した。お酒持つて米村さんの家を訪ねますよ。そして、将棋を指さう。

——そりやいいね。是非いらつしやい。

二人は都合の好い日を決めると、忘れないやうに手帖に書留めた。大寺さんと米村さんは将棋仲間である。昔はよく指したが、この頃は余りやらない。互に自分の方が強いと云つてゐるが、敢《あへ》てそのことに固執しない。団栗《どんぐり》の背較べだと判つてゐるのである。

——慰める意味で、負けて上げてもいい。

——予防線を張らなくてもいいよ。

——ぢや、遠慮無く勝つかな。

——それは此方の云ふことだね。

二人はそんなことを云ひ合つて笑つた。

しかし、大寺さんは米村さんを訪ねることが出来なかつた。従つて、将棋も指さなかつた。と云ふのは、それから二日後、当の大寺さんの細君が急死したからである。夜中に咳込んで喀血して、その血が気管に詰つて死んだのである。近くに住む、医者をしてゐる細君の兄が直ぐ駈附けて来た。それから、その友人の医者もやつて来ていろいろ手を尽したが、どうにもならなかつた。

細君が死んだと判つたとき、大寺さんは茫然とした。何故そんなことになつたのか、さつぱり判らなかつた。

——来る途中で、後から飛ばして来る車があつてね、そいつに抜かれると不可ないと思つてスピイド出したけれど、大型の外車で凄いスピイドなんだ。到頭抜かれちやつてね。そのとき、ひよいと、こいつは駄目かもしれないつて云ふ予感がしたな。

細君の兄がそんな話をするのを、大寺さんはぼんやり聞いてゐた。もう一人の医者は看護婦に機械類を片附けさせながら云つた。

——初めての喀血ださうだから、吃驚して血を出すまいとしたんでせう……。

大寺さんは、その医者が指に嵌《は》めてゐる銀色の指輪をぼんやり見てゐた。その指輪には、何か模様が彫込んである。その模様が何か？　いま、そんなこと訊くのは不可ないだらうな、そんなことを思つたりした。

大寺さんの細君はその日、珍しく美容院に行つた。次の日、細君の母親と一緒に久し振りに街に買物に出掛けるためである。それから、入浴して床に就いた。それが不可ないと云へば云へるかもしれない。しかし、細君は掛附《かかりつけ》の医者から、もう殆ど快いと云はれて喜んでゐた。だから、それが死出の化粧とならうとは夢にも思はなかつたらう。無論、大寺さん自身も、自分の細君が挨拶も無しに死ぬとは毛頭考へなかつたのである。

朝になつて、友人や近所の人や親戚の人が来て、何となく慌しいなかで、大寺さんはまだ何が起つたのかよく判らぬ気がした。大寺さんは庭に降りると、数日前に購めたジャスミンの株の上に身を屈めた。「死なない花」ではない花の甘く強い香がした。

——これはベススメエルトニックではない。

大寺さんは意味も無くさう呟いた。

米村さんが訪ねて来たのは、その翌日の午後である。ちやうど弔問客の途絶えたときで、米村さんは一時間ばかり大寺さんと話をした。

——昨日、吉田さんから電話があつてね。あんまり突然なんで、嘘だらうと思つた。

——全く、妙なことになつちやつた。

大寺さんは細君の死の前後の話を簡単にした。もう何人もの人に話したから、云ふことは殆ど決つてゐるのである。

——兎も角、死ぬにしてもちやんと順序を踏んで死んで呉れりやいいんだけれど、突然で、事務引継も何もありやしない。うちのなかのことが、さつぱり判らない。

——馴れる迄は、たいへんだね。

——挨拶無しに死ぬから困ります。

大寺さんは死んだ細君に腹を立ててゐるみたいな口を利いた。

——奥さんの兄さんは、お医者さんなんだらう？

――ええ、しかし、女房の奴は自分の兄貴には診て貰ひたがらなかつたんです。診て貰へばいいと思つたんだが……。

――そんなものかもしれないね。

――そんなものらしいですね。

米村さんは暫く黙つて烟草を喫んでゐた。それから、しんみりした口調でかう云つた。

――君がうちに慰めがてら来て呉れるつて云つたのが、あべこべになつちやつた訳だね。その裡、僕がお酒持つて将棋指しに来ますよ。人生なんて、全く判らない。

――うん、全く判らない。

大寺さんもしんみりした。大寺さんが米村さんを訪ねる話をしたとき、細君は自分が手料理を作るから持つて行くといいと勧めて、大寺さんもそれはよからうと賛成した。大寺さんの細君は、大分前、まだ元気で大寺さんと一緒に学生野球を観に行つたりした頃、野球場で何度か米村さんに会つたことがある。帰りに一緒に酒場に寄つたこともあつた。そのとき、米村さんは冗談に、大寺さんの下の娘を養女に呉れないかと云つたりした。だから大寺さんの細君は、米村さん、と云ふと「秋子を養女に呉れと云つた先生」として記憶してゐたのである。

米村さんと話しながら、大寺さんはときどき、漫然と庭の方に眼を向けてゐた。すると、例の黒と白の猫が素早く庭を横切つて、ひらりと縁に上ると茶の間の方に消えた。大寺さんは妙な気がした。何故、妙な気がしたのかよく判らない。大寺さんは急に立上つた。

――ちよつと失礼します。

大寺さんは茶の間を覗きに行つた。或は、その猫を米村さんに紹介する気持があつたかもしれない。茶の間には親戚の人達がゐて、その隣の子供の部屋には、大寺さんの二人の娘と親戚の子供達がゐた。

――猫が来たらう？

しかし、意外なことに、誰も猫を見た者はゐなかつた。寧ろ、みんな不思議さうに大寺さんを見た。大寺さんの上の娘の春子が変な顔をした。

――厭ねえ。猫なんて来ませんよ。大体、あの猫、この頃来なくなつたのよ。

――ふうん？

事実、どこにも猫の姿は無い。大寺さんは片附かない面持で米村さんの前に戻つた。それから、何となく奥の部屋に置いてある白い布に包まれた棺の方に眼をやつた。棺の上に猫が澄して坐つてゐやしないかと思つたからである。しかし、無論、そんな筈は無かつた。どうやら、大寺さんが猫を見たのは、幻覚と云ふ奴らしかつた。それに気附くと、大寺さんは両肩の上に堪へ難い疲労が重くのし掛つて来る気がした。

大寺さんは、その后、妙な猫のことは殆ど想ひ出さなかつた。無論、細君が亡くなつて生活が変つて、猫など気にしてゐられなくなつたことも理由だが、実際は猫が全く姿を見せなくなつたからである。

尤も一度、米村さんが約束通り酒を携《たづさ》へて大寺さんを訪ねて来たとき、猫の話が出た。それは、大寺さんの家の庭にある、ちつぽけな池の姫睡蓮が一輪初めて白い花を開いた日で、細君が死んで一ケ月ほど経つた頃である。

ずんぐりした茶色の猫が、池の金魚を覗きに来たので、大寺さんは、しつ、と猫を追つ払つた。すると米村さんが笑つた。

——あれぢやないだらう？

——何が？

——ほら、前に君の話して呉れた……。

——ああ、違ひます。例の猫は金魚なんて狙はない。色も黒と白だから……。

——その後来ないの？

——うん、来ないらしい。

——残念だね。

大寺さんは別に残念でも何でもない。しかし、米村さんの場合は恐らく、その猫と死んだ奥さんを結び附ける何か絆のやうなものがあるのかもしれなかつた。大寺さんは、そこへ顔を出した下の娘に猫のことを訊いてみたが、下の娘は何も知らなかつた。

——あの猫、死んだんぢやないかしら？

上の娘も同意見らしかつた。のみならず、あの猫は案外たいへんな婆さん猫だつたので、それで図々しかつたのだらう、と云ふ新説を出して大寺さんを驚かせた。パリジエンヌが婆さんでは面白くも何とも無い。

その日、米村さんは大寺さんと将棋を指し、酒を飲み、大寺さんの娘達の作つた料理を食つて機嫌が好かつた。大寺さんの娘達にお世辞を云ふことも忘れなかつた。

——お料理、お上手ですね。なかなかかうは行かない。お料理好きなんでせう？

——ええ、面白くて……。どうも有難うございます。

——好きこそものの上手なれ、と云ひますからね。

聞いてゐる大寺さんは、何やら中途半端の顔をしてゐた。娘達が引込むと、米村さんは大寺さんを見てにこにこした。

——来てみて安心しました。実はどう云ふことになつてゐるかと心配だつたんだけれど……。

——まあ、何とかやつてゐます。

大寺さんの二人の娘は、上が大学生で下が高等学校に行つてゐる。細君が死んだ後、二人で何とかやれさうかと訊くと、何とかやれさうだと云ふ。それが意外に順調に進行してゐるから、大寺さんもやれやれと思つてゐるのである。それに、二人共暢気な方だから、余りくよくよしない。それで、大寺さんも吻としてゐる。

尤も、大寺さん自身はときに、へまをやり兼ねなかつた。例へば、娘二人が学校に行つて、大寺さんが独り家にゐるときなど、大寺さんはテラスの椅子に坐つて午睡したり本を読んだりする。或るとき、テラスでぼんやりしてゐると、珍しく麦藁蜻蛉《むぎわらとんぼ》が訪れて、テラスの先のちつぽけな池に何遍も尻を附けた。

――おい、おい。

大声で細君を呼ぼうとして、大寺さんは家のなかに自分一人なのに気附いた。

――蜻蛉が卵産んでるらしいぜ。

大寺さんはさう云ふ心算だつたのである。大寺さんは蜻蛉を見ながら、何れその裡慣れるだらう、と思つた。それから、米村さんはこんなときどうしてゐるかしらん？　と考へたりした。

……或る日、大寺さんは娘二人を連れて郊外の墓地に行つた。その墓地の一区画が入手出来ることになつたので、見に行つたのである。入手出来ることになつたのは、芝生の墓地で、米村さんの奥さんの墓もそこにあるらしかつた。現に、大寺さんがそこに細君の墓を造る気になつたのも、米村さんに勧められたからに他ならない。

夏の終の好く晴れた日で、しかし、閑散とした墓地にはもう秋風が吹いてゐた。

――何だ、随分広いな。

芝生の墓地の入口に来て大寺さんは吃驚した。米村夫人の墓も簡単に見附かるだらう、ぐらゐに思つてゐたら、ひろびろと拡る青い芝生を見て驚いたのである。しかし、二人の娘の方はひどく気に入つたらしかつた。

――明るくていいわね。

――公園みたいでいいわね。

そんな会話を交してゐた。

大寺さんの細君の墓が立つ筈の区画は直ぐ見附かつた。四角のセメントの台が芝生の上にあるだけで、別に何の風情も無い。その五つばかり向うの墓の所に、十人ばかりの男女が立つてゐた。墓の前には坊さんがゐて経をあげてゐる。その坊さんから少し下つて、それを取巻くやうに立つてゐる男女は、手を合せたり、頭を垂れたりしてゐた。墓の前には線香の束が二つ立つてゐて、白い煙が秋の風に疾《はや》く流れる。

――何してるの？

――お骨を納めてるんだらう。

大寺さんは何となく、その光景を眺めてゐた。一人、若い男がゐて、男は墓の反対側に行つたり、一同の横に行つたりして矢鱈に写真を撮つてゐた。立つてゐる連中は誰一人正装してゐないのに、その男だけモオニングか何か着込んでゐるのが、大寺さんには何とも納得が行かなかつた。

それから、大寺さんと娘は石屋に寄つて、墓石を注文した。石は黒御影と云ふ奴にした。大寺さんは別に何の注文も無い。平凡な奴が一番宜しいと思つてゐるのである。しかし、美術学校の図案料に籍を置く上の娘が、いろいろ石の恰好とか文字の配置に就いて尤もらしい口出しをして大寺さんを苦笑させた。

店のなかには、墓参を済せたらしい男が一人ゐて、一番外れの卓子《テーブル》に向つて坐つてゐた。洋服を着た六十年輩の男で、その男は大寺さんと娘が這入つて来たときから同じ姿勢で、椅子に凭れて前の往来を見てゐた。卓子の上に、茶碗が一つ置いてあるが、それは疾《と》うに空になつてゐるか、ぬるくなつてゐるに違ひなかつた。休息してゐるらしい。しかし、それは休息と云ふよりは放心の態と云つた方が似つかはしかつた。

その男は、大寺さんと娘が店を出るときになつても、まだ同じ姿勢で坐つてゐた。

——あのお爺さん、いつ迄坐つてるんでせうね？

店を出て少し行つた所で、下の娘がそんなことを云つた。大寺さんは何も云はなかつたが、娘がその男に関心を持つてゐたことを知つて、些か意外の感を覚えたりした。

それから、大寺さんは帰路なのを想ひ出して吉田さんの家に寄つた。娘がゐるから長居しない心算だつたが、ロシアの写真を見せて貰つたりビイルを出されたりして、自宅近く迄帰つて来たときはもう夕暮近くなつてゐた。

大寺さんは吃驚した。

例の猫が飼主の家の戸口に、澄して坐つてゐるのを発見したからである。大寺さんは二人の娘に注意した。娘達も驚いたらしい。

——あら、厭だ。あの猫生きてたのね。

——ほんと、図々しいわね。

この際、図々しい、は穏当を欠くと大寺さんは思つた。しかし、多少それに似た感想を覚えないでもなかつた。大寺さんもその猫は死んだとばかり思つてゐたから、そいつが昔通り澄してゐるのを見ては呆れぬ訳には行かなかつた。大寺さんの家を我家の如く横行して、その后何の挨拶も無い。この尻軽猫め、いまはどこに別荘を拵へたのか？

大寺さんは猫の前に立停つた。娘二人は少し先方で振返つて、お止しなさいよ、と大寺さんに注意した。しかし、大寺さんは別に猫に危害を加へようとしたのではない。一言、猫を窘める心算であつた。

——やい、こら。

大寺さんは猫を睨み附けた。猫は知らん顔をして横に向いた。そのとき、家のなかから誰か覗く気配がして、女の人の声がした。

——あら先生、今晩は。

——今晩は。

大寺さんは憮然としてさう云ふと、ひどく仏頂面をして歩き出した。


〔1964（昭和39）年「世界」5月号 初出〕

懐中時計

十年ばかり前のことだが、或る晩酒に酔つて、翌日気が附くと腕時計が紛失してゐた。腕時計と共に記憶もどこかに落してしまつたらしく、事の次第が一向に想ひ出せない。仕方が無いから、一緒に飲んだ友人の上田友男に電話を掛けた。

——君は昨夜、最后迄僕と一緒だつたらう?

——冗談云つちや不可ないよ、と上田友男が云つた。僕は樽平を出ると君と別れて帰つたんだぜ。君はまだどことかへ行かうなんて云つてたがね……。

——ふうん、さうかい?

——どうかしたのか?

——腕時計が失くなつちやつてね……。

電話口で上田友男が、くすん、と鼻を鳴らしたので、僕には彼が嬉しさうな顔をしてゐるのが判つた。碁を打つてゐて、此方の石が死に掛けてゐるのに気附かずにゐると、上田友男は、くすん、と鼻を鳴らしてひどく嬉しさうににやにやする癖がある。それを想ひ出したら、何だか忌々《いまいま》しくなつて、早いところ電話を切ることにした。

——まあ、同情はするよ、と上田友男は当方の気持なぞ忖度《そんたく》しなかつた。同情はするが、僕に云はせればだな……。そもそも……。

——そんな話は后で聞く。

それから二、三日して上田友男に会ふと、彼はパイプを咥へてにやにやしてゐた。彼はいつもパイプを用ゐて、巻烟草は殆ど喫まない。彼の上衣のポケットはいつも脹《ふく》らんでゐるが、そのなかにはゴムで出来た烟草入れと、パイプ用の七つ道具が入つてゐるのである。

上田友男はパイプを口から離すと、

——時計はあつたかい？

と訊いた。

——あるもんか。

彼は、くすん、と鼻を鳴らすと、チヨツキのポケットから徐《おもむろ》に懐中時計を取出して、いま何時何分だと云つた。僕に教へて呉れた心算らしいが、生憎その部屋の壁にちやんと電気時計が附いてゐる。僕が壁の時計を示すと、上田友男は振返つて笑ひ出した。

——さうか、この部屋には時計があつたんだつけ……。

——人生至る所に時計ありさ。

——成程。

それから彼は、時計を紛失したと云ふが、それはきつと鼻の下を長くしてゐたので、よからぬ女性に掠め取られたに違ひない、と失敬なことを云ひ出した。無論、僕は否定した。

——まあ、それはどつちでもいいや。ところで、君は懐中時計は嫌ひかね？

どつちでもいい、と云ふのには不服だが、僕には懐中時計云々が気になつた。僕は別に時計に格別の関心は無い。しかし、懐中時計は悪くないと思つてゐた。

理由は知らないが、上田友男は前から懐中時計を使つてゐた。時間を見るのにも、ちらりと腕時計を覗くのと違つて、徐にポケットから取出すと何となく一呼吸置く感じがある。だから、上田友男が懐中時計を取出したりすると、それは見る人に彼が悠揚迫らぬ人物であると錯覚させるのに充分である。

——別に嫌ひぢやないがね。

——成程。それで、君はまた時計を買ふ訳だらう？

——そんなことは考へてないね。何故だい？

上田友男の話に依ると、自分は腕時計の紛失に何ら責任は無い、しかし、一緒に飲んだ晩に時計が失くなつたと聞くと満更気にならないことも無い、だから、お前さんが懐中時計が嫌ひでなければ譲つてやつてもいい、と云ふのである。

——その懐中時計か？

——いや、これは駄目だよ。

上田友男の家には、使つてゐない懐中時計が二つある。二個共彼の亡くなつた父君の持物である。彼の父君は軍人だつたさうで、一つは恩賜の銀時計、もう一つはロンジンの懐中時計である。この裡、恩賜の時計は譲る訳に行かぬがロンジンなら譲らぬものでもない、ざつとそんな話である。

——しかし、その時計は動くのかね?

——動くよ、と上田友男は心外だと云ふ顔で口を尖らせた。もう三十年ばかり経つが、いいかい、三十年だぜ……。

三十年経つが、いまに至るも正確無比で一分一秒と狂はないのださうである。

——まあ、考へて置かう。

——いいかい、と上田友男は尤もらしい顔をして云つた。一つはつきりさせて置くが、僕は別に君に時計を売附けようとしてゐる訳ぢやないんだぜ。飽く迄好意的な提案なんだからね。そこん所を間違へないで貰ひたいな。

僕は、間違へやしないから安心しろ、と答へて置いた。


上田友男は僕の碁の師匠を以て任じてゐた。僕は別に弟子入りした訳では無いが、彼は三段とか四段とかで、その彼に僕は四子、五子と置く腕前だつたから威張られても仕方が無い。その頃、僕は碁に熱中してゐて、暇があると、ときどき上田友男と碁を打つた。その頃、われわれは同じ学校の同じ学部に勤めてゐて、上田友男は数学が専門であつた。

師匠を以て任じてゐる上田友男は、年賀状に——風格のある碁を打つやうに希望する、と書いて寄越したりした。僕の石を殺して置いて、くすん、と鼻を鳴らす彼の碁が風格あるものとも思へないが、黙つてゐると、彼はパイプを吹かしながら、僕が如何に下手であるかに就いて諄々《じゆんじゆん》と説いて長時間に及ぶのである。自然の成行として、僕は彼に会ふと先手を打つことになつた。

——碁が強いと思つて威張るな。

——いや、別に威張つて云ふ訳ぢやないがね……。

上田友男は不服さうに口を尖らせる。

時計を紛失して間も無い頃、僕と上田友男は、碁の好きな石川と云ふ老先生の所へ招ばれて行つたことがある。その席には、石川さんの友人の荒田と云ふ老人も来てゐた。ちやうど庭の藤棚の藤が咲いてゐて、微風にゆらゆら揺れてゐる。その藤の見える座敷に、碁盤が二面竝べて置いてある。

その一面に向つて、僕は初対面の荒田老人と打つことになつた。石川さんの判断に依ると二人の腕前は大体互角だらう、と云ふことで僕が黒を持つた。荒田さんは痩せて眼鏡を掛けた品の好い老人で、きちんと正座してゐる。一見、たいへんな静かな人物に見える。しかし、さう思つたのが間違だつたことは間も無く判つた。たいへん乱暴な喧嘩碁であつた。のみならず、荒田老人は形勢が悪くなると、突拍子も無い奇声を発するから耳障でならなかつた。ああ、ああ、と黄色い甲高い声をあげる。続いて、

——弱つたな、ああ、弱つたな。

と叫ぶ。知らぬ人が聞いたら、不思議な鳥が啼《な》いたと思ふかもしれない。この奇襲には僕も

尠からず面喰つたが、隣の上田友男も驚いたらしい。三十秒ばかり、荒田老人の顔を見てゐた。尤も、石川さんは毎度のことらしく、一向に動じなかつた。

——弱ることはありますまい。荒田さんともあらう人が弱る筈が無い。

と、隣で澄してゐる。

石が死んだりすると、荒田老人は頭を抱へて、ひやあ、と叫んだ。しかし、形勢が良くなると歌を歌ひ出すのである。

——敵は幾萬ありとても……。

と、荒田老人が頓狂な声で歌ひ出したときには、隣の上田友男は、くすん、と鼻を鳴らしたし、僕はと云へば頓《とみ》に戦意を喪失した。しかし、これも石川さんにはお馴染のことらしかつた。

——始りましたね……。それを聞かないと淋しくて不可ません。

とにやにやしてゐる。

その日、荒田老人はこの他に、軍艦マアチとか、荒城の月とか、そのレパアトリイの一端を披露して呉れたが、その場合の相手は石川さんと僕に限られてゐた。上田友男が相手の場合は専ら、ひやあ、を連発したのである。

荒田老人は何でも楽隠居の身分とかで、家が近いから、殆ど毎日のやうに石川さんの所に碁を打ちに来てゐたらしい。

その晩、駅迄の道を歩きながら、われわれは賑かな荒田老人の話をして笑つた。話に依ると、上田友男はこの老人が大いに気に入つたらしかつた。

――あの、ひやあ、には参つたね。

――しかし、面白い人だな……。

このとき、僕はロンジンの時計を想ひ出した。荒田老人も懐中時計を持つてゐて、帯の間から取出して見たりしたのである。

――あの荒田さんも懐中時計を持つてゐたな……。

――ところで、君の方の気持は決つたかい？

――一体、幾らで譲る心算なんだい？

――幾らぐらゐならいいかね？

そんな話をしてゐたら駅へ着いたので、われわれは右と左へ別れた。時計の値段は次の機会に話し合ふことにしたのである。

果して、十年前のその頃、僕に上田友男の懐中時計を買ふ意志が本当にあつたのか、また、彼に売る意志が本当にあつたのか、どうもよく判らない。しかし、われわれが一個の時計を中心にいろいろ論じ合つたのは事実である。

最初の交渉は、一軒の酒場で行はれた。先づ、僕の方から、そんな古時計は只で呉れたらどうだ？と切出したが、彼は問題にしなかつた。それは死んだ親爺に失礼だ、と云ふのが彼の言分であつた。僕はそんな言分に一向に権威を認めなかつたが、彼は固く自説を守つて枉《ま》げなかつた。

その結果、われわれは上手いことを思ひ附いた。双方で最高と最低の値段を云つて、互に妥協点迄歩み寄らうと云ふのである。僕と上田友男は酒場のメモ用紙を貰つて、互に数字を書入れて交換した。

——ゼロが一つ、足りないんぢやないのかい？

上田友男が口を尖らせた。

——ゼロが一つ多過ぎるな。

と、僕は云つた。上田友男は一万円の値を附け、僕は千円と附けたのである。上田友男はロンジンのために弁じた。曰く、我家のロンジンの懐中時計は正確無比の高級品である。今日懐中時計は流行からは見放されてゐるが、その骨董的価値は莫大である。そのやうな時計を身に着けてゐると、その所有者迄何やら奥床しく見えるであらう、と。

そこで僕も一席弁じた。

いまどき懐中時計を買はうなんてもの好きは滅多にあるものではない。僕が要らぬと云へば、そのロンジンは恐らく彼の家の抽斗《ひきだし》のなかかどこかに、いつ迄も眠つてゐるであらう。無用の長物であるに過ぎぬ。况《ま》して、僕は実用品として懐中時計を求めるのであるから、その骨董的価値など一文にもならないのである、と。

上田友男はパイプを吹かしながら聴いてゐたが、軽く咳払した。

——成程。尤もな所もあるね。ぢや、此方は九千円にしよう。

——ふうん、ぢや、公平を期して此方も二千円迄出さう。

それから、二人で乾杯した。

この辺迄は洵に円滑に運んだが、その後はなかなか進展しなかつた。上田友男が六千円迄譲歩し、僕が四千円と値を附ける迄に、半年は経過してゐたらう。

この間に、僕は上田友男に肝腎の時計を見せて呉れと頼んだが、彼は決して見せようとしなかつた。だから、僕がその時計の存在を疑つたとしても不思議はあるまい。

——ほんとにあるのかい？

——ありますよ、莫迦なこと云つちや不可ないよ。

——ぢや、何故見せないんだい？　買主は品物を見てから買ふものだらう。

——此方を信用して貰ひたいね。

しかし、或るとき上田友男が酔つて話した所に依ると、うつかり僕に時計を見せて、僕が感心して好い時計だと讃めたりすると、彼は何かの弾みで僕に時計を「進呈する」と云ひ出さぬとも限らない。それが心配だと云ふのである。そんな思はせ振りの話を聞くと、僕としても、是非見せて呉れ、と強要せざるを得なくなる。しかし、一度そんな告白をした上田友男は、頑として僕の要求を受附けなかつた。

尤も、僕と上田友男はしよつちゆうロンジンの時計の話をしてゐた訳では無い。学校に出るのが同じ日は、週に一、二度あるに過ぎなかつた。それに、出て来ても都合があつて顔を合せないこともある。その程度の所で、時計の交渉をしてゐたのである。

しかし、半年も経つと、この交渉も一種の遊戯と化した感があつて、両方共余り熱が無くなつてゐたのも事実である。

――好い加減で買つといた方が、いいと思ふがね……。

――この辺で売つた方がいいぜ。

そんな文句を、今日は好い天気だね、と云ふ替りに交してゐたのである。

のみならず、その頃になると双方に支持者が現れて、彼等は勝手なことを云ふ。僕の支持者は、上田友男の支持者は、ロンジンの懐中時計なら二万円でいい、と無責任なことを云つた。僕の支持者は、そんな古時計は二千円でいい、それ以上一文も払つてはならん、と主張した。その結果、われわれ二人は何となくにやにやして、時計の話は有耶無耶《うやむや》になるのである。

多分その頃だつたと思ふが、或る日、僕は知合の歯医者に行つた。治療が終つてから、石川さんの家が近くなのを想ひ出して、訪ねてみた。若しかすると、例の賑かな荒田老人が来てゐるかもしれない、と云ふ気もした。石川さんの家は、西荻窪の駅から歩いて、五、六分の住宅地にある。

石川さんはちやうど暇だつたのだらう、早速碁盤の前に僕を坐らせた。障子が閉め切つてあつて、藤棚は見えない。しかし、障子に嵌込んである硝子越しに枯れた芝生が見える。打つてゐると、石川さんが云つた。

——さあて、弱りました。

——荒田さんと云ふ方、と僕は訊いてみた。相変らずよく見えますか？

——荒田さん？

石川さんは盤から眼を上げて、僕の顔を見た。

——おや、御存知無かつたかな……。いや、御存知無い訳だらうな、あの人は先だつて、亡くなりましたよ。

僕は驚いた。恐らく、あの突拍子も無い奇声を聞いたときも、これほど驚かなかつたかもしれない。石川さんはそれから、荒田さんの話をして呉れたが、その話は忘れてしまつた。何の病気か、それも忘れてしまつたが、何でも、一日か二日臥て、ころりと死んだのださうである。内心、荒田老人の、ひやあ、を聞かうと思つてゐた僕には、何とも意外と云ふ他無かつた。

——なかなか、面白い人物でした。

石川さんはさう云つてから、

——いや、いい人だつたと云つた方がいいかな……。

と云ひ直した。

僕は荒田さんとは一度しか会つたことが無い。しかし、たいへん愉快な印象を受けてゐたから、その人物が過去形で語られるのを聞くと、何とも妙な気がして淋しかつた。

――上田君とはその后やつてますか？

――ええ、ときどき……。

――彼は碁も強いが、酒も強いでせう？

――強いですね。

――何しろ、身体がいいからな。あの碁も、わたしに云はせると体力の碁ですね……。

このとき、僕は面白半分にロンジンの話をした。石川さんは笑つて聞いてゐたが、いとも簡単に結論を下した。四千円と六千円なら、中間をとつて五千円にすればいい、と云ふのである。それはさうなのだが、さうすると、われわれのロンジンを巡る交渉も、簡単に鳧《けり》がついて面白くない、多少そんな気持もあつたのだと思ふ。

僕は石川さんの云つた「体力の碁」と云ふ文句が気に入つたので、それを荒田さんの死と共に上田友男に報告してやらうと思つてゐる裡に、身体を毀《こは》して二週間ばかり寝込んでしまつた。しかし、たいした病気ではなかつたから、癒ると早速、友人と街へ酒を飲みに出掛けた。ところが、酒場でひよつこり上田友男に会つた。

――何だ、病気ぢやなかつたのか？

――もう癒つたよ。

上田友男は不服らしく、口を尖らせた。

彼の話だと、どうしてそんな話になつたのか判らぬが、僕がかなりの病気で当分は酒も飲めない、と聞いたらしい。それで、大いに同情したり心配したりしてゐたのに、こんな所に現れるとは何事か、と云ふのである。それから、本気で心配して損したと云はんばかりに帰つて行つた。

その后暫くして、僕は上田友男の家に行つたことがある。一遍遊びに来い、と誘はれてゐたので、或る日、出掛けて行つた。上田友男の家は千葉県の市川にあつた。

昔、叔父が市川に住んでゐて、子供の頃、母に連れられて行つたことがある。この叔父は主計大尉で、国府台の連隊に所属してゐた。ちよび髭を生やした、温和しい人だつたと云ふことしか憶えてゐない。それから、叔母に連れられて公園のやうな所に行つたら、裸の酔つ払ひがゐて、怱々《そうそう》に帰つて来た。

昔のことだから記憶がはつきりしないが、夕方、桜の散るのを見てゐたら、叔父が馬に乗つて帰つて来た。叔父と一緒に若い兵隊が随いて来て、玄関先で、叔父の長靴を磨いてゐた。兵隊が磨いた長靴を玄関に入れると、叔母が出て行つて何か云つた。

——御苦労さま。

とでも云つたのだらう。

兵隊は直立不動の姿勢で、はつ、と云つて敬礼した。殆ど暗くなつた戸外を背景に、屋内の電灯に照らされた兵隊の姿が妙に印象に残つて、これだけはよく憶えてゐるのである。大分后になつて、或る画集を見てゐたら、このときの光景が鮮かに甦つたことがあるが、その画が誰のものだつたか想ひ出せない。

この叔父はそれから数年経つて、少佐になつたと思つたら死んでしまつた。叔母も疾うに死んだ。眼の大きな、よく笑ふ人であつた。夫婦に子供が無かつたから、この一家の誰も残つてゐない……。

そんな記憶があるから、市川と聞くと懐しい気がする。しかし、電車に乗つて行つて見ると、全く知らない町である。

上田友男の書いて呉れた地図を頼りに、賑かな所から静かな住宅地へと歩いて行くと、何だか砂地のやうな路になつて、夾竹桃《けふちくたう》の生垣を巡らした家がある。生垣に沿つて曲ると、正面に二階家があつて、その二階の窓に上田友男の上半身が見えた。彼は僕を見ると、笑つて点頭いた。

——もう来る頃だと思つてたんだ。

玄関先で彼はさう云つた。それで二階の窓から偵察してゐたらしい。

上田友男は僕に書斎を見せて呉れたが、彼の覗いてゐた窓は書斎の窓だと判つた。本棚に落語全集があつて、僕は成程と思つた。彼は落語が好きで、寄席とか名人会と云つた催しにはちよいちよい出掛けてゐたのである。一度、僕は彼と人形町の寄席に行つたことがあるが、彼は初めから終迄笑ひ通しであつた。

それから、僕等は座敷で碁を打つたのだが、中休のとき、上田友男は違棚に載せてある一冊の雑誌を持つて来た。見ると碁の雑誌である。僕は、ははあ、と思つた。僕に見せるために載せて置いたらしい。

——これ、読んだよ。

——さうかい？

——荒田さんつて云ふ人、死んだんだね。

——うん、話さなかつたかな？

——これを読む迄、知らなかつた。

碁の雑誌に短い文章を書くことになつて、石川さんに荒田老人の死を聞いて間も無くだつたので、荒田老人のことも入れて書いたのである。しかし、その雑誌を上田友男が毎月読んでゐるとは知らなかつた。そればかりか、上田友男は本屋でもう一冊買つて、石川さんに送つたと云ふから驚いた。

——石川さんが読んだら、その后、荒田さんの家の方に差上げて呉れつて書いといたよ。

——ふうん……。

何と挨拶していいものか、よく判らぬから僕は黙つてゐた。しかし、石川さんで想ひ出したから、僕はかう云つた。

——石川さんに依ると、君の碁は体力の碁ださうだ。

上田友男はパイプ片手に口を尖らせた。

——下手な人は、得てして、そんなことを云ふもんでね……。

この日、上田友男は、くすん、と鼻を鳴らすことが尠かつた。つまり、僕の調子が悪くなかつたと云ふことである。

しかし、この日は碁なんかいつでも打てると云ふ上田友男の言葉に従つて、まだ明るい裡から飲始めることにした。庭の先の垣根越しに、広い原つぱが見える。原つぱの片隅には桜が咲いてゐた。

——原つぱがあつて、いいな。

——いや、良くないんだ。子供が野球をやると、よく球が飛んで来てね。危くて仕方が無いんだ。

しかし、原つぱが次第に昏れて行くのを見てゐるのは、悪くなかつた。

その席には上田友男の二人の子供も坐つてゐた。彼の奥さんも、用の無いときは坐つてゐて、ビイルをきゆつと飲んだ。子供は、上が小学生の男の子で、下は幼稚園に行つてゐる女の子であつた。

二人共たいへん神妙に坐つてゐたが、女の子は親爺に催促されて立上ると、幼稚園で習つたと云ふ歌を歌つた。クイカイ・マニマニとか何とか云ふ歌である。それを大きな声で歌つた。上田友男はパイプを咥へて、嬉しさうな顔をしてゐて、善良な親爺そのものに見えた。奥さんの話だと、家で酒を飲むとき、上田友男は子供に歌を歌はせて好い機嫌になつてゐるのださうである。

しかし、この善良な親爺にも不満があるらしかつた。二人の子供は父親の上田友男が、小学校とか幼稚園に顔を出すのを好まないと云ふのである。

——どうも面白くないんだ。君もさう思ふだらう？

同意を求められて僕は面喰つた。僕の方は、子供の学校に顔を出すことには乗気でない。顔を出したことも無いから、何とも返答の仕様が無いのである。仕方が無いから理由を訊くことにした。

——何故、厭がるのかな？

——いいえね……。

と、上田友男に替つて、奥さんが笑ひながら説明して呉れた。上田友男の額が禿上つてゐて、年寄臭いから、と云ふのださうである。成程、上田友男は当時まだ四十に少し前だつたから、その年齢にしては額が広過ぎたかもしれない。しかし、年寄臭いは気の毒だらう、さう云つたら上田友男は笑つて子供達の方を向いた。

——ほら見ろ、この先生だつて年寄臭くないつて云つてるぢやないか……。

女の子は父親と僕を交互に見て、

——でもね……。

と、兄を振返つた。

——うん。

男の子は点頭いて、二人揃つて僕の方を見たのは、つまらん異説を立てる奴だとでも思つたのかもしれない。

この夜、僕は至極愉快な気分で帰途に着いたのだが、残念だつたのは、時計のことを悉皆忘れてしまつたことである。無論、出掛ける前は、ロンジンの懐中時計を検分する絶好の機会だと思つてゐた。それが、どう云ふものか上田友男の家に行つたら、全然想ひ出さなかつた。上田友男も、時計に就いては何も云はなかつた。何故さうなつたのか、何とも不思議と云ふ他無い。

それから暫くして——多分一年ほど経つてゐたかもしれない、或る日、上田友男が僕を摑まへて頼があると云ひ出した。

——何だい、改つて？

——君はパイプを使ふことあるかい？

——うん、うちにゐるときは、使ふことがあるよ。尤も、持ち歩かないがね……。

——成程。僕のパイプ、知つてるだらう？　二本あるが……。

仔細に見たことは無いが、彼の二本のパイプには疾うに馴染である。上田友男の肖像画を描くとしたら、パイプを咥へさせるのを忘れてはなるまい。

しかし、彼の頼なるものを聞いて、僕は尠からず驚いた。愛用する二本のパイプを貰つて呉れないか、と云ふのである。自分が使つてゐたものだから、気を悪くされると困るが、良かつたら貰つて欲しいと云ふ。

——貰つて呉れと云ふのなら貰つてもいいが、よく判らないな、何故呉れるんだい？

上田友男は軽く咳払した。

——烟草を止めることにしたんだ。

——ふうん……？

彼の話に依ると、近頃身体の調子が好くないので医者に診て貰つたら、禁烟した方がいいと云はれた。それでこの際、きつぱり烟草を止める決心をした。さうすると、身近な所にパイプが転つてゐたりするのは面白くない。

——それで、君が貰つて呉れると有難いと思つてね……。

——ぢや、有難く頂戴するよ。

上田友男は嬉しさうな顔をして、有難う、と云つた。それから、二本のパイプに就いて講釈して呉れたが、生憎それは憶えてゐない。憶えてゐるのは、二本共上等ではないが安物でもない、まああの品だ、と云つたことである。

——しかし、止められるのかね？　直ぐ返して呉れなんて云ふんぢやないのかい？

——実際のところ、もう二週間ばかり禁烟してるんだ。

そのとき初めて気が附いたが、上田友男のポケットはいつものやうに脹らんでゐない。それを見たら、少しばかり物足りない気がした。どこが悪いのかと訊くと、血圧が少し高いのだが、別に心配は無いのだと云つた。

数日経つと、上田友男は僕に、二本のパイプと、彼のポケットを脹らませてゐた丸いゴムの烟草入れ、ライタア、七つ道具をそつくり呉れた。パイプは二本共ブライヤアで、一本の方が少し大きかつた。

——どうも有難う。成程、よく見ると上等ではないが安物でもない。この調子で懐中時計も呉れたらどうだい？

——さうは行かないよ。

その頃になると、僕等はもうロンジンの時計の話は殆どしなくなつてゐた。偶に上田友男に、時計はどうした？　と訊くと彼はくすんと鼻を鳴らしてにやにやした。

——ちやんと蔵つてあるよ。しかし、いいかい？　他にも狙つてゐる奴がゐるから、買ふなら早い方がいいぜ。

しかし、僕の見たところ、狙つてゐる奴なんてゐる筈が無いのである。

その日、僕は上田友男を酒場に誘つたが、彼は酒もなるべく飲まないやうにしてゐるのだ、と云つて断つた。さう云はれて気が附いたのだが、暫く上田友男と酒を飲んだ記憶が無い。上田友男と碁を打つたりすると、暗くなつたから酒場へ行かう、と云ふのが順序であつた。ところが、暗くなると上田友男は何とか口実を作つて帰つて行く。碁も余り打たない。

例へば何人かで話してゐて、この話の続きは酒場でしようと云ふことになる。帰り支度をして、気が附くと、いつの間にか上田友男の姿が見えなくなつてゐる。いつからさうなつたのか判らないが、そんなことが何度かあつた。理由があるのだらう、と別に気にも留めなかつたが、それが健康上の理由とは知らなかつたのである。

——早く飲めるやうになるんだな……。

——うん、と上田友男は尤もらしい顔をして点頭いた。この秋頃迄には飲めるやうになるよ。

ところが、それから間も無く、僕は別の学部に転属になつてしまつた。その建物はこれ迄ゐた建物と大分離れた所にある。自然、上田友男と顔を合せることは尠くなつた。それに、転属にならなかつたとしても、その秋に上田友男と酒場へ行けたとは思へない。

酒場へ行くと、われわれの共通の知人に会ふことがある。

——上田君、元気ですか？

——ええ、元気のやうですよ。

——ぢやあ、もう飲んでるかしら？

——いや、酒は止めたとか聞きましたがね……。

酒を止めたと云ふと、元気とは云へない筈なのだが——、そんな気がするのである。妙なことに、上田友男と会ふことが尠くなつたら、僕の碁の熱も少し冷めてしまつた。

僕が上田友男に最后に会つたのは、いつだつたらうか？　どうもよく判らないが、多分六、七年前、学校近くの都電通で会つたときだらうと思ふ。都電通にある小さな古本屋を覗いてから、通を渡つて戻つて来ると、ひよつこり上田友男に会つた。

——どこへ行くんだい？

——うちへ帰るんだよ。

彼が都電で国電の駅に出るのを、僕は忘れてゐたのである。二人は停留場の所で立話した。身体はどうだ？　と訊くと腎臓が少し悪いと云はれてゐて、月に一度とか、医者に診て貰つてゐるとか云ふ話であつた。尤も、見たところ別に病人らしくなかつたし、勤めにも出て来てゐたぐらゐだからたいしたことは無かつたのだらう。

——パイプは使つてるかい？

——使つてる。

と、答へると、上田友男はちよつと得意さうな顔をして云つた。

——君には悪いが、今度パイプを買ふときは、海泡石の奴を買ふからね……。羨しがるなよ。

僕は、昔読んだフイリップの「手紙」のなかに、海泡石のパイプを自慢してゐる箇所があつたのを想ひ出した。想ひ出したら、少し可笑しかつた。上田友男の云ふ「今度」がいつのことか判らぬが、新しいパイプを欲しがるのは好い傾向だと思つたから、

——せいぜい、早いところ買つて、見せて呉れ。

と希望して置いた。

僕等は灯の点り出した往来で、そんな立話をして別れた。時計の話は一度も出なかつたから、懐中時計を巡る交渉も、遂に竜頭蛇尾に終つたと云ふ他無い。その后、僕は上田友男に会つた記憶が無い。

上田友男には会はず仕舞だつたが、彼の奥さんにはその后一度会つたことがある。五年ばかり前、僕の女房が突然死んで、その葬式があつた。式が終つたとき、立つてゐる僕の所に黒い服を着た婦人が来て挨拶した。それが、上田友男の奥さんであつた。尤も、僕の方は誰だつたかしらん、と思つてゐて、

——上田でございます。

と云はれて気が附いたのである。

そのとき、上田友男の奥さんは、主人が来る筈なのだが病気で来られないので自分が替りに来た、と云ふ意味のことを云つた。僕は頭がぼんやりしてゐたから、上田友男が病気と聞いても実感が無かつた。だから、暫くすると、彼が病気だと云ふことも忘れてしまつた。偶に共通の知人に会つて、彼の名前が出たりすることがある。しかし、二、三日前に学校で会つた、と聞いたりするから、どうやら元気でやつてゐるのだらう、と思つてゐたのである。

……図書館の裏口の所に、大きな辛夷《こぶし》の木があつて、毎年春先になると白い花を附ける。去

年の或る日、友人とそこを通り掛つたら、

——また、今年も辛夷が咲いたなあ……。

と、友人が云つた。僕が冗談に中国の詩人の文句に引掛けて、毎年花は同じだが、一年一年とお前さんの頭は淋しくなるやうだね、と感想を述べたら、友人は、莫迦云へ、と頭を押へた。

多分、その翌日の夕方だつたらう、上田友男の所属する学部から電話が掛つて来た。何の用事だらう？ と思つたら、それが上田友男の死を知らせる電話であつた。

——上田友男先生がお亡くなりになりましたので、お知らせいたします、と女の声が云つた。上田先生は本日……。

原稿でも読んでゐるらしく話すのを聞きながら、そんなことがあるのだらうか？ と思つた。僕は二度ばかり、本当か？ と訊き返した。何とも信じられなかつたのである。死因は尿毒症であつた。

この春、図書館の傍を通り掛つたら、辛夷は去年と同じやうに花を附けてゐた。小雨が降つてゐて、いつも学生の坐つてゐるベンチも雨に濡れてゐた。僕は傘を上げて、辛夷の花を見た。図書館の古びた壁を背景に、花や蕾が白く浮んで雨に濡れてゐた。傘を元に戻して、歩き出さうとしたら、
くすん。

と、上田友男が鼻を鳴らすのが聞えた。一体、彼奴は何が可笑しかつたのかしらん？ 僕は

そんなことを考へた。

〔1968（昭和43）年「群像」6月号 初出〕

緑色のバス

ハムステッド・ヒイスの岡の上に三階建の酒場兼レストランがあつて、ときどきビタアを飲みに行つたが、最初この店を教へて呉れたのは夏川君である。夏川君は六月中旬倫敦《ロンドン》にやつて来た。どう云ふ肩書だつたか忘れたが、何でもあちこち旅行して、その記事を東京に送る仕事で来たと云つたと思ふ。ハムステッドの町のどこかに下宿して、ときどき遊びにやつて来た。東京にゐたときは二月に一度か三月に一度くらゐやつて来て、碁を打つた。だから倫敦でも夏川君が遊びに来ると碁を打つたが、茲では碁の話を割愛する。

遊びに来ると夏川君は、

——こなひだ、ちよつと愛蘭《アイルランド》へ行つて来ました。

と云ふ。それも危険な北の方に行つて来た話をするから聞く方は驚くが、夏川君は、

——愛蘭のギネスは絶品です。

と笑つてゐる。

愛蘭の田舎で二年ばかり暮したことのある女性が、東京から手紙を呉れた。それには、是非愛蘭の田舎へ行つて牧場の泉の水で淹れた「テイ」を召上れ、と書いてあつた。その下にはでございません、と注が附いてゐる。海水で茹でた馬鈴薯、粗碾《あらびき》のブラウン・ブレッドを召上れ、とも書いてあつた。その話を夏川君にしたら、莫迦にしたやうな顔をして返事をしなかつた。夏川君は愛蘭の田舎には行かなかつたらしいが、田舎では記事にならないのかもしれない。

その次遊びに来ると、

――こなひだ、ちよつと巴里《パリ》へ行つて来ました。

と云ふ。巴里で何とか云ふ政治結社の連中に、会つたとか会はなかつたとか云ふ話をする。商売とは云へ、よく身軽に飛廻るものだと感心した。夏川君は倫敦には一人で来たが、以前細君や子供と一緒に莫斯科《モスクワ》で暮したこともあるから、旅馴れてゐるのだらう。西班牙《スペイン》へ行つて来たときは、倫敦の女性は女ぢやありませんね、と云ふ感想を洩らした。

夏川君の宿はどんな所か知らないが、西班牙人、伊太利人、希臘《ギリシヤ》人等いろんな人間が下宿してゐるらしい。夏川君が下宿したばかりの頃は、その若い連中が深夜迄楽器を鳴らして歌つてたいへん喧しい。管理人に云つても埒《らち》が明かないから、新参者の夏川君が乗込んで行つて、少し静かにしろ、と文句を云つたらみんな呆気に取られて、それから大分温和しくなつたさうである。

七月の初め頃、夏川君が近くに好い店を見附けたからと云つて、その店に連れて行つて御馳走して呉れた。店の前の道路の三角地帯に旗竿が立つてゐるが、その地点はハムステッド・ヒイスで一番高い所なのださうである。最初は一階の酒場でビイルを飲んで、それから三階のレストランで食事をした。一階の酒場は鍵の手になつてゐて、街の酒場に較べると迥かに広くてゆつたりしてゐていい。中庭もあつて、そこにも卓子《テーブル》やベンチが置いてある。三階のレストランに上ると、広い部屋の両側の窓からヒイスの森の緑が見える。此方は静かで客は他に二、三組しかゐなかつた。

夏川君がステエク何とかと云ふ奴を注文したら、給仕が鉄板の載つた車を押して来て、傍で肉を焼く。それを食つて酒を飲んだ。窓の外には夏の夕暮が長く尾を曳いて、昏れさうでなかなか昏れない。淡い靄《もや》のやうな白い色にセピア色の交つた空気が漾つてゐて、そんな夕暮は日本で見たことが無い。ヴイクトリアの魚屋レストランで、灯点し頃の街を見ながら坐つてゐるのもいいが、緑の岡の上で、夕暮の色を見るのもまた悪くなかつた。

それが切掛で、その后その店に行くやうになつた。昼頃行くと客は疎らで、庭のベンチで飲物を傍に本を読んでゐる若者とか、葡萄酒のグラスを前に居睡りしてゐる老人とか、サンドキツチを摘んでゐる夫婦者らしい二人連等を見掛けるに過ぎない。夕方早く着き過ぎて店がまだ開いてゐないときは、酒場の横の小径を降つてヒイスを散歩した。ハムステツド・ヒイスはどのくらゐ広いのか知らないが、殆ど自然の姿がその儘残されてゐる。遠く迄行つたことは無いが、その店の近くを歩くだけでもどこか遠い山のなかに入つた気がする。都会のなかに自然が破壊されずにこんなに残つてゐるとは偉いものだ、或る日娘と一緒に行つたときさう云つたら、

――これで感心しちや黙目ですよ。茲はほんの一部なんですから……。

と生意気なことを云つた。昔読んだチエスタトンのブラウン神父の登場する「青い十字架」と云ふ短篇では、終の方の舞台がこの自然公園になつてゐた。多分チエスタトンの書いた頃と余り変らない光景が、いまでもこの広い場所のどこかに見られるのだらうと思ふが、歩き廻つたことは無いから判らない。森の小径や野原の砂地の路を一廻りして上つて来ると開店時間で、

酒場のなかに点々と赤い灯が点つてゐるのが見えるのはちよつと良かつた。

曜日に依つて、中庭に面した一隅に小さな骨董屋が店開きした。骨董屋と云へば、ハムステツドの町の通から入つた所に骨董屋が塊つてゐる一画があつて、面白さうだから行つたことがある。建物に這入ると、通路の両側は二十軒ばかり店が竝んでゐる。一軒が大体二、三坪の広さの店で、古道具屋と云つた方がいいかもしれない。チエルシイの方にもこれに類した骨董屋が二つばかりあつて、そこにも行つたことがあるが、其方は狭い通路が縦横に何本も通つてゐて、その両側に小さな店が矢鱈に沢山竝んでゐる。迷路に踏込んだやうで、たいへん草臥れる。それに較べるとハムステツドの方は、こぢんまりしてゐて店数が尠いからいい。古めかしい「お祖父さんの時計」と呼ばれる大時計とか、陶器類、銀細工品、額、洋燈、短剣、絵画等から、その他煖爐の火掻棒や火格子に至る迄ごちやごちや賑かに竝べてあつて、見て歩くのは面白かつた。

ヴイクトリア時代の巡査の使つたと云ふ棍棒もあつた。長さ一尺五寸ぐらゐの黒光りする樫《かし》の棒で、緑と朱の模様が入つてゐる。試みに値段を訊くと、十一ポンドだと云ふ。

——高いから負けろ。

と云つたら、眼鏡の親爺が駄目だと首を振つたから買ふのは見合せた。その次行つたらその親爺が、お前はまだあの警棒が欲しいかと訊く。もう欲しくないと答へたが、欲しいと云つたら負けたかもしれない。

或る日、骨董屋を冷かしてから、通を上つて岡の上の酒場に行つたら、中庭の隅に店が出てゐる。いつも閉つてゐるから、物置か何かだらうと思つてゐた小屋の戸が外されてゐて、そこに何だか竝べてある。覗いて見ると、これも骨董屋だから驚いた。一軒の店かと思つたら、三つばかりに区切られてゐて、それぞれ主人が坐つてゐる。尤も、骨董屋と云つても半分は土産物のやうなものを竝べてゐて、碌なものは無かつたと思ふ。

一度、東京から来た友人をその酒場に連れて行つたら、そのときも中庭の小屋は開いてゐた。友人と二人面白半分に覗いてゐると、片隅の店の婆さんが、

——ちよつとお願があるのですが……。

と云ふ。何かと思つたら中国の陶器の鉢を見せて、私はこれにこの値段を附けたが高過ぎるだらうか？　と訊くのである。これには面喰つた。婆さんは商売人の筈だが、われわれに相談するくらゐだから、素人に毛の生えた程度の所かもしれない。そんなことを訊かれてもさつぱり判らないが、格別高いとも思へない。友人も、何だか判らないが、いい所ぢやないのかね、と云ふ。婆さんに、われわれはそれを手頃な値段だと思ふと無責任なことを云つたら、婆さんはたいへん歓んで、この酒場の由来を記した刷物を呉れた。

その刷物を見ると、この酒場のある場所に、昔ジヤツク・ストロウなる男の小屋があつたらしい。この男は一三八一年ワツト・タイラアを首領とする百姓一揆が起つたときの副首領で、ジヤツクの小屋はその不平分子共の溜場になつてゐた。酒場の名前も、このジヤツク・ストロ

ウに因んで附けられたと書いてある。何でも三百年程前から茲に同じ名前の旅籠屋《はたごや》があつたとか、その他いろいろ故事来歴が書いてあるが、どうやら多くの文人、特にデイケンズがちよいちよい訪れたと云ふことが売物らしい。

倫敦ではどこへ行つてもディケンズで珍しくないが、それよりも、十八世紀の悪名高い追剝の一人デイツク・タアピンがこの居酒屋で一杯やる間、店の裏手に愛馬ブラツク・ベスを繋いだと刷物に書いてあつたから面白かつた。英吉利《イギリス》講談の一節と云ふ所だらうが、お蔭でこの店が大いに気に入つたから妙なものである。デイツクは追手を尻目に愛馬ブラツク・ベスを駆つて、一夜に百五十哩《マイル》を走破したことで有名である。百五十哩走つた馬が前脚を折つて仆れたとき、デイツクは大声で泣いたさうである。この店からバスで一停留所か二停留所行つた所に、矢張りデイツクがよく立寄つたと云ふ古い居酒屋があるが、昔はハムステツド・ヒイスの辺は追剝共にとつて恰好の隠場所だつたらうと思はれる。

十八世紀も前半の倫敦は、泥棒、追剝が大きな顔をして横行してゐたらしい。「乞食オペラ」のモデルと云はれる泥棒の大親分ジョナサン・ワイルドや若き説獄の天才ジヤツク・シエパアドは特に有名だが、その他にも沢山ゐた。その連中の多くはニユウゲイトの牢屋に入れられ、タイバン刑場に曳かれて処刑された。そんな悪党共には小説でお眼に掛るから、別に敬意を表すると云ふ訳でも無かつたが、一日、秋山君とニユウゲイトの牢屋の跡を訪ねたことがある。牢屋の跡には中央刑事裁判所のどつしりとした石造の建物が建つてゐて、その石の壁に嵌込んだプラアクに「ニユウゲイト跡」と書いてあるに過ぎない。

——この前に「悪名高き」と形容詞を附けるべきではないでせうか？

秋山君はそんなことを云ふ。通を隔てて筋向うに聖セパルカ寺院が見える。昔タイバンに曳かれる死刑囚が前を通ると、この寺院では花束を渡したさうである。それから鐘楼の鐘を鳴らして死刑を告げたと云ふことである。「ニユウゲイト跡」のプラアクを入れた写真を秋山君に撮つて貰つてゐたら、昔観た映画「三文オペラ」の懐しい主題歌が甦つて来て、ルドルフ・フオオスタア扮するメッキ・メッサが見えるやうな気がした。

殆ど無警察状態だつたその頃と違つて、今日の倫敦には無口で頼母《たのも》しい大男の警官が沢山ゐる。だから追剝は姿を消したかと思ふと、浜の真砂云々ではないが追剝は相変らず存在する。或る日、夏川君が訪ねて来て、酒を飲んで夜遅くなつて帰つて行つた。后で話を聞いて驚いたが、その晩ハムステッドの町の暗い往来で追剝に遭つたさうである。何でも殴られて、気が附いたら所持金を全部奪られてゐたと云ふ。

最初、追剝が金を出せと拳銃らしきものを見せたとき、夏川君は酔つてゐながらそれが真物《ほんもの》でないと判つたらしい。これは一つ此方が高飛車に出た方が良いと思つて、俺は空手が出来るぞと威《おど》したら相手も空手の構へをした。何だか可笑しいから、柔道はどうだと云ふと柔道の恰好をする。拳闘だつてやれるぞと威張つたら、先方は恰好をする替りにいきなり一発見舞つて来て、一巻の終となつた。夏川君はかなり酔つてゐたから、酔眼朦朧《もうろう》、酔歩蹣跚《まんさん》として相手は一向に脅威を感じなかつたのだらう。

——酔つて不覚を取りました。

夏川君はさう云つて笑つた。別に口惜しさうでもない。追剥は伊太利人らしかつたと云ふことである。夏川君は警察に届けたと云ふが、その結果がどうなつたか知らない。


ウエスト・エンド・レインには一五九番のバスの他に二八番のバスが通つてゐて、岡の上の酒場に行くときはこの二八番のバスに乗る。このバスに乗つて都心に背を向けて暫く行くと、フインチレイ通に出て、更に北上するとゴルダアズ・グリインの地下鉄駅前の広場に出る。茲が二八番のバスの終点で、この広場から二一〇番のバスに乗つて緑の多い道を走る。三つ目か四つ目の停留所で降りると、樹立の緑のトンネルの右手にこの酒場の建物が見える。家を出てから、三十分ぐらゐで着く。この二一〇番のバスは二階の無い長いバスで、車掌はゐない。例に依つて停留所の名前は判らないから、前方の様子を窺つてゐて、緑のトンネルが見え始めると、ちいん、と停車の合図の釦を押すのである。

ゴルダアズ・グリインと云ふ町は、バスの乗換場所としか知らない。駅前には商店が竝んでゐるが、歩いたことは無い。ビイルを飲んだときも、駅前広場の花壇の前のベンチに坐つて夜風に吹かれ、二八番のバスが来ると乗つて帰つて来る。この町とはその程度の附合しか無かつたが、娘はちよいちよいこの町に買物に来た。この町には日本人が沢山住んでゐるとかで、日本食品を売る店があるからそれを買ひに来る。娘の話を聞くと、米、味噌、醬油、豆腐……。

——それから、素麵《さうめん》とかインスタント・ラアメンとか、何でもあるわよ。車で来て、一杯買物して行く日本人もゐるし……。

と云ふから、最初は吃驚した。倫敦に来る前は、日本食とも暫くお別れですねと云はれると、郷に入つては郷に従へと云ふから英吉利式の食事をします、と神妙に答へてゐたが、何でも揃つてゐてはお別れも何も無い。尤も娘に云はせると、英吉利人らしい店員から豆腐を受取つたりするときは、何となく変な感じださうだが、それは変だらうと思ふ。何も倫敦迄来て豆腐を食ふことも無からうと思ふが、偶に食卓に竝ぶと別に不思議とも思はず箸を附けてゐる。店員は英吉利人でも豆腐は日本人が作るのだらうと思つてゐたが、ソホの支那料理屋で麻婆《マーボ》豆腐を食つてゐて、豆腐は日本ばかりとは限らないと気が附いた。だから倫敦の豆腐も、誰が作るのか判らない。

グリイン・コオチと云ふ緑色の長距離バスがあつて、その線が何本かゴルダアズ・グリインを通るから、それを利用して娘と小旅行した。このときも二八番のバスでゴルダアズ・グリインに出て、グリイン・コオチに乗る。駅前広場の入口の傍に小さな建物があつて、長距離バスの待合室と事務所になつてゐる。事務所でバスの路線図を呉れるから、それを見てこの辺に行つてみようと云ふことになる。何度も乗つたから、事務所の爺さんはお得意さんと思つたのかどうか、顔を見ると、

——今日はどちらへ？

と訊く。娘を摑まへて、是非どこそこに行けと勧めたりする。切符は往復買ふ方が得だとも教へて呉れた。

大体片道二時間前后バスに揺られる小旅行だが、このバスは倫敦を出ると田園風景のなかを走る。湖水地方を車で廻つてから英吉利の田舎が気に入つたが、別に遠くに行かなくてもいい。バスに乗つてちよつと倫敦を出るともう田舎で、家竝が締括り無くだらだらと続いてどこ迄が町でどこから田舎か判らないと云ふことは無い。バスの窓から、巨きな樹立の続く竝木路とか、緩かな起伏を持つ牧場、花の咲く小さな村、森蔭に覗く町の教会の尖塔、或は岐路の角にぽつんと一軒ある鄙《ひな》びた居酒屋とか、そんなものを見てゐるだけで愉しかつた。それで北のセント・オルバンズと云ふ古い町に行つたり、南のドオキングと云ふ古い町に行つたりした。

尤も、ドオキングに行つたのは、行く心算で行つたのではない。北のウヰプスネイドの動物園に行く心算でゴルダアズ・グリインに行つたら、ウヰプスネイド行のバスは一日二本で午前の便は出たから午后迄無い。事務所の爺さんに勧められて、南のドオキングに行つたのである。

終点迄行つて降りたら町外れのやうな所で、生憎小雨が降つて来た。事務所の爺さんは、昔デイケンズの泊つた宿屋があると云つたから、そこで昼食を摂る心算でゐたが、それには町の通迄戻らなくてはならない。雨のなかを探すのも気が進まない。ドオキングの町に入る前に路傍に白いホテルがあつたのを想ひ出して、次のバスでそのホテル迄引返した。そのバスがドオキングの通に入つたら、右手に「白馬亭」と云ふ大きな古い酒場があつて、白い馬の看板が出てゐる。爺さんの教へて呉れた昔の宿屋だと判つたが、もう間に合はない。往路はその反対側の窓際に坐つてゐて、見過したのである。

白いホテルのある所はバアフオオド・ブリツヂと云つて、道から少し引込んで二階建の横に長いホテルの建物がある。附近には他に家は無い。道の近くを小川が流れ、草地があり、その先に低い丘陵がある。ホテルの裏手も岡になつてゐる。ホテルに這入つて行くと、突当りに花で飾られた綺麗な庭園とプウルがあつて、廊下越し右手の食堂で客が食事してゐるのが見えた。多少格式張つた感じがある。

——茲は高いわよ、きつと……。

娘もそんなことを云ふ。

物は試しだから廊下で給仕に訊くと、予約してあるかと云ふ。無いと答へると、ちよつと待つて呉れと引込んで、戻つて来ると食事は予約以外は駄目だと断られたから却つて安心した。但し、サンドヰツチ類ならネルソン・バアにあると云ふから、玄関の左手にあるそのバアに行つた。これはグリルと違つて、気の置けない普通の酒場である。夫婦連が三、四組卓子《テーブル》に坐つてゐて、犬を連れた客も二人ゐた。一人は厚化粧した中年の女で、カウンタアに向つて高い椅子に坐り、足許に巨きなコリイを坐らせてビイルを飲んでゐる。もう一人は、茶色の毛の長い犬を連れた老人で卓子に坐つてビイルを飲んでゐた。

飲物にサンドキッチ、それにチイズとサラダを貰つて老人の近くの卓子に坐つてゐたら、老人の犬が寄つて来て尻尾を振つた。

——……。

何と云つたか判らないが、これこれと犬を窘めたのだらうと思ふ。爺さんが立つて来て、この犬は私のマスコツトです、とにこにこした。それから窓越しに丘陵の方を指して、私はあの辺に住んでゐて、いつもこの犬と一緒に茲に来ますと云ふと、ビイルも飲終つてゐたらしい、犬を連れて出て行つた。

このときはこのネルソン・バアに一時間ばかりゐて、ホテルの前からまた二時間ばかりバスに揺られて帰つて来たから、文字通りのバス旅行である。それでも案外面白かつたのは、倫敦を出て田舎を見れば良いと思つてゐるからだらう。后で旅行案内の本を見たら、昔バアフオオド・ブリツヂの白いホテルで、提督ネルソンは夫人に離婚を申渡したのださうである。お蔭でネルソン・バアの由来が判明したが、夫婦別れに因んで酒場の名前を附けるから何だか妙である。それから、矢張りこのホテルで、キイツが「エンデイミオン」を完成したと書いてある。ホテルの裏手の小高い岡はボツクス・ヒルと云つて、登ると眺望絶佳だとも書いてあつた。ボツクス・ヒルは黄楊《つげ》ケ岡とでも云ふのだらう、どこかで見た名前だと思ふが想ひ出せない。

——あら、登つて見れば良かつたわね……。

娘は残念がつたが、急に行先を変更するとかう云ふことになる。

英蘭《イングランド》も湖水地方の辺迄行くと山らしいものがあるが、大体山らしいものは無い。蘇格蘭《スコツトランド》に行つたらやつと山にお眼に掛つたが、その最高峰のベン・ネヴイスですら千三百米ぐらゐしか無い。山らしい山が無いから、少し高い所に登ると眼を遮るものが無い。眺望絶佳と云ふことになる。ベッドフオオドシヤのウヰプスネイドの動物園は小高い岡の上にあるが、そこから九つの州が見晴せるのが自慢らしい。ドオキングへ行つてから二、三日して改めて動物園に行つたが、岡の外れの見晴台の辺には、ベンチや草の上に坐つて景色を眺めながら弁当を使つてゐる家族連が沢山ゐた。八月中旬の好く晴れた日で、秋風が吹いて、黄ばんだ麦畑とか黒い森、牧草地、緑の林等が迥か遠く迄連つてゐる。

動物園に行つたのは、床屋の親爺に話を聞いたからである。広い所に動物が放し飼になつてゐて、蒸気機関車の牽《ひ》く小さな汽車が走つてゐると聞いて娘に話したら乗気になつた。行つて見ると、成程、広い所に柵があつて、そのなかに動物が放し飼になつてゐた。尤も虎とかライオンは円形の深い大きな穴の底にゐて、上から覗くやうになつてゐる。覗いてもだらしの無い恰好で午睡してゐるだけだが、上野の檻のなかよりは居心地が良ささうに見える。狼が放し飼になつてゐる所は大きな暗い森だから、どこに狼がゐるのか判らない。

入口で買つた案内の小冊子の沿革の所を見ると、最初玆はリイジエント公園のなかにある倫敦動物園の病気になつた動物の休養所を目的として発足したらしい。苦労話が書いてあつて最后に、今日では世界中から動物学者や動物愛好家が訪れると書いてある。その「動物愛好家」

の仲間入をした心算で見て歩いたが、広い所だから遠足に来たやうなもので、后でたいへん草臥れた。

小さな汽車は、白犀《しろさい》の群が放し飼になつてゐる広い草地のなかを走るのである。小型の蒸気機関車が三両連結の客車を附けて、盛大に煙を吐いて走る。客車と云つても座席の上に屋根が載つてゐるだけで、窓も何も無い。一人十五ペンス払つて乗込むと、機関車が尻に附いて、林のなかを抜けて広い草地を走る。暫く行つて停車すると、今度は機関車が先頭に立つて引返す。往復十五分ぐらゐで何だか呆気無いが、大人も子供も面白さうな顔をして乗つてゐた。切符には、当汽車会社は乗客に如何なる事故が生じても一切責任は負はない、と書いてあるが、肝腎の白犀は迥か彼方の柵の方に群つてゐてよく見えないぐらゐだから、事故は起りさうも無い。

ハリス婆さんに会つたとき、ウヰプスネイドの動物園へ行つた話をしたら、そんな遠い所のことはよく知らないと云つた。ハリス婆さんは普段余り出歩かないから、倫敦も知らない所の方が多いやうである。近くのハムステッド・ヒイスですら、大分前に一度行つただけだと云つてゐたから尤もな話だと思つた。倫敦の人間が倫敦を知らなくても、別に不思議ではない。寧ろ先方は、あちこち歩き廻るのは物好きな田舎者か旅行者だと思つてゐるかもしれない。

緑色のバスに乗ると、帰路もまた緑色のバスで戻つて来るが、八月中旬、娘とハムプトン・コオトに行つたときは、テムズを船で下つて帰つて来た。前に一度、晩春の候テムズ下りをやつて、それが忘れられない。もう一度テムズ下りをやらうと、バスでハムプトン・コオト迄出掛けた。ハムプトン・コオトは名所のせゐか、緑色のバスもドオキング行より上等である。大体、このバスは客を立たせないと聞いてゐたが、このときは途中で沢山客が乗込んで立つてゐたから、人の動く季節は例外なのだらう。

バスは一時間半ばかりで、ハムプトン・コオトの王宮の正門前に停る。早速、王宮横のテムズ河畔にある遊覧船の発着所に行つて時間を訊くと、船が出る迄に三十分ぐらゐしか無い。その次の船にすると大分遅くなる。時間があれば王宮の美しい庭園を歩いてもいい心算でゐたが、この船旅が目的だからそれは諦めることにする。それでも王宮に行つたのは、自然がわれわれを呼んだから手洗を借りたのである。

それからウエストミンスタ迄一人一ポンドの船賃を払つて、三時間半蜿蜒《えんえん》とテムズを下つて来た。この船旅も面白かつたが、記憶に残る最初のテムズ下りの風情には及ばないから、晩春の船旅に溯ることにしたい。

初めてハムプトン・コオトに行つたのは倫敦に来て間も無い五月中旬で、春野君の案内で秋山君や娘と汽車で行つた。初めて乗る英吉利の汽車はがらがらで、これでは赤字で潰れやしないだらうかと云つたら、もう既にたいへんな赤字なのだと春野君が教へて呉れた。それがしよつちゆうストライキをやるから、どうなつてゐるのか判らない。尤も后でケムブリツヂやウヰンチエスタ等に行つたときの汽車は、がらがらと云ふ訳では無かつたから、時季に依るかもしれない。このときはハムプトン・コオトの王宮を見てからテムズ下りをやつたが、一つには観光季節を外れてゐたから良かつたのだらうと思ふ。

テムズ河畔のハムプトン・コオトの王宮を見ると、英吉利の昔の王宮がどんなものか判つて面白いが、これを簡単に説明するのは難しい。王宮ではちやうど「ヘンリ八世の六人の妃達《きさき》」と云ふ展覧会をやつてゐた。宮殿を見物して廻るだけで疲れるから展覧会は敬遠したが、小学生の団体がその会場へ這入つて行くのを見て、何だか不思議な気がしたのを憶えてゐる。

この宮殿はヘンリ八世の寵臣ウルジイ枢機卿が経営して王に献上したものだが、后で増築されたにせよ、ウルジイがどれ程の富と権力を恣にしてゐたか想像が附く。ヘンリ八世はこの王宮が気に入つて、好きなテニスに興じたらしい。六人の妃の裡、五人迄この王宮に住んでゐる。更にその裡の二人、ジエイン・シモアとキアサリン・ハワアドは未だにこの王宮に棲んでゐる。つまり、幽霊となつて王宮内を徘徊してゐるのである。

豪華な宮殿の内部には無論感心したが、台所や地下の酒倉も面白かつた。昔、京都の或る寺の庭を見に行つて、厨房《ちゆうぼう》の梁《はり》に何百年の煤が厚く附着してゐるのを見て感心したことがある。台所に拘泥する訳では無いが、ヘンリ八世の大厨房と云ふのがあつて、そんな大きな厨房を見たことが無い。天井の高い無闇に広い台所で、娘や春野君等は、

——百畳敷ぐらゐでせうか?

——いや、二百畳はあるかもしれない……。

と話し合つてゐた。その広い所の中央近くに、古ぼけた木の調理台のやうなものが一つぽつんと置いてあつて、その上に銅製らしい古い湯沸しや桶が載せてあるに過ぎない。それで余計がらんと広く見えるのかもしれない。

床は石で畳んであつて、真中辺が多少凹んでゐる。年月の重みで凹んだのか、故意《わざ》と下げてあるのか知らない。一方の壁際は大小の爐《ろ》になつてゐる。中央の大きな爐には、太い鉄の杭を何本も打つた浅い仕切壁のやうな奴が二つ両側から出てゐて、その杭に長い鉄串を載せて渡せるやうになつてゐる。火加減、焼具合に依つて串を高い杭に渡したり、下げたり、或はぐるりと延したりしたのだらうと思ふ。牛一頭串刺に出来るぐらゐの長くて太い鉄串が、何本も立て掛けてあつた。

——玆で牛を丸焼にしたんですかね……。

——鹿も丸焼にしたでせうね……。

そんな話を聞いてゐると、肉の焼ける香が漾つて来るやうな気がする。多分、昔はこのがらんと広い厨房にいろんなものが置いてあつて、多くの人間が働いてゐて、嘸《さぞ》賑かで騒々しかつたらう。ヘンリ八世はどんなものを食べたんでせう？　秋山君はさう云ふが、それは此方も訊きたい。

王宮を出てから、表通のレストランで休憩して、それからハムプトン・コオトからキユウ迄一時間半のテムズ下りをやつた。本当はウエストミンスタ迄三時間半の船旅を試みたかつたが、このときは時間が遅かつたから途中のキユウ迄にした。キユウ迄の船賃は一人五十ペンスである。客はわれわれを含めて僅か二十人足らずだつたのは、観光季節ではなかつたからだらう。船が動き始めると、最初の裡は甲板にも船客が十人ばかりゐたが、その裡にみんなゐなくなつてしまつた。晴れた日だが、河風が少し寒い。娘も寒いと云つて下の船室に降りて行つて、続いて春野君や秋山君も降りて行つたから甲板には他に誰もゐない。何だか一人でその船を借切つたやうな気分になつた。風は少し寒いが、静かなテムズの流を下りながら、甲板の椅子に坐つて移り変る両岸の田園風景をぼんやり見てゐるのは愉しかつた。

沿岸には山査子《さんざし》や馬栗の花が盛りで、あちこちに金鎖の黄色の花も見掛けた。そこだけ金色に華いで明るい。田園風景を見てゐたと云ふが、実際のところ何を見たのかよく判らない。初めて見る英吉利の田園に、多少酔つたやうな気分だつたかもしれない。河岸の枯れた葦とか、根を水に洗はれてゐる巨きな柳の木だとか、牛のゐる広い牧場、至る所に見掛けるどつしりした巨きな樹立、美しい芝生を持つ邸宅、大きな森、草地、そんなものが交互に現れては消えて行くなかにうつらうつら坐つてゐたと云ふ他無い。想ひ出したやうに橋があつて、犬を連れた少年が橋の上から船を見て手を振つたのを想ひ出す。

テムズ河は墨田川に毛の生えた程度の河かと思つてゐたが、テムズ下りをやつてその認識を改めた。大体、テムズ河に島があるとは、このとき迄知らなかつた。最初島を見たときは、島とは思はない。河が二股に岐れるからどうも変だと思つてゐて、そこが島と判つて驚いたりした。こんもり樹の茂つた大小の島が幾つもある。

小さな村だか部落もあつた。昔中学生の頃、漢文の時間に憶えた水村と云ふ言葉を想ひ出す。白い髯の先生が、水村山郭酒旗風、を説明するのを聴いてゐたら景色が見えるやうな気がした。テムズの船旅に古い詩は縁が無いが、そんな文句を想ひ出したのも長閑な気分になつてゐたからだらう。人家の塊つてゐる所では岸辺に桟橋があつて、ヨットや小舟が何艘も繋いである。白鳥や家鴨《あひる》も泳いでゐる。河に面して芝生の庭を持つ可愛らしい家も多く、そんな庭には芝刈機で芝を刈つたり、如露《じょうろ》で草花に水を掛けてゐる奥さんを見掛けたりした。庭先の水際に自家用の小さな桟橋を作つて、ヨットや小舟を繋いでゐる家もある。庭先から小舟に乗つて、流を漕ぎ下れるのだから羨しい。昔憶えた輪唱用の短い唄に、静かに愉しく流を漕ぎ下らうと云ふのがあつた。どこだつたか忘れたが、静かな流がゆつたり石の橋の下を潜ると、その先の深い樹立のなかに消えて行くのを見て、矢張りこの唄を想ひ出したことがある。しかし、小舟に乗らなくても構はない。現にこの船の上でも、この世は夢だ、何だかそんな気分になる。

途中、島があつて河が二股に岐れると、船は水門を通過した。左は堰《せき》で水はその上を越えて落ちてゐる。右の流に水門があつて、船は上の水門から四角な大きい箱のなかに這入ると水門が閉つて、箱のなかの水が次第に減り始める。下流と同じ水位迄下ると、下の水門が開く仕掛になつてゐる。このときは、他の船客も上つて来て見物してゐた。船が最初箱に這入つたときは、眼の前の水門小屋のベンチに坐つてゐた子供達が、船が箱から出て行くときは頭の上の方で何か叫んでゐて姿は見えない。

——パナマ運河と同じですね……。

と春野君が云ふ。このロックは后でウインザア上流で船遊びしたときにもあつたから、まだ他にもあるのだらう。堰と水門が何故出来たか知らない。秋山君は叛乱軍がテムズを利用して、船で倫敦に攻入るのを防ぐために設けたのではないか、と云ふ新説を披露したがこれは当にならない。

寒くなつたから、船が水門を出ると下に降りて珈琲《コーヒー》を飲んだ。下には両側が大きな窓になつた食堂があつて、卓子や椅子が置いてある。客が尠いから空席の方が多い。片隅に小さな女の子を連れた若い女が坐つてゐた。女の子はあちこちの卓子に行つて笑ひ掛けたり、走り廻つたりして母親に注意されてゐる。最初は客かと思つてゐたが、その裡に空になつた珈琲茶碗を下げに来たので、船で働いてゐる女だと判つた。それから間も無く、船長らしい三十二、三の男が降りて来たら、その男と何か話してゐる。その様子を見て、船長の細君らしいと気が附いた。道理で小さな女の子が、我物顔に走り廻つてゐた訳だと思ふ。若しかしたら、珈琲を出して呉れた婆さんは船長の母親かもしれない。

船がリッチモンドの船着場に着いたら、他の客はみんな下船してわれわれ四人だけになつてしまつた。リッチモンドを出ると、横縞の丸首襯衣《チヨツキ》を着た十八、九の若い船員が二人降りて来て、卓子に向き合つて坐るとポオカアをやり始めた。船長の細君が二人の所に珈琲を持つて行つて、腕組して勝負を見てゐる。若者の一人は細君に似てゐるから、弟かもしれない。

そろそろキユウに着く時間だからと甲板に出たら、ポオカアをやつてゐた若者も上つて来て、どこ迄行くのか？　と訊く。キユウ、と云ふと吃驚して船長の所に飛んで行つた。ウエストミンスタ迄行くと思つてゐたらしい。

キユウの船着場で降りたら、キユウ・ガアデンズ・ピアと書いてあるだけで誰もゐない。短い板の桟橋を渡り終つたら、どこから来たのか一人の爺さんが現れて、

――テイケツト・プリイズ……。

と切符を受取つて、またどこかへ消えてしまつた。

このときはキユウ橋の近くに山小屋風の居酒屋があつたから、そこで小憩して帰つて来たが、二度目のときはキユウの船着場には長蛇の列が蜿蜒と続いてゐて、船が出た后も、乗れずに残つた人が長い行列を作つてゐた。キユウの植物園に遊んで、ウエストミンスタ迄船で帰る行楽客らしいが、船は超満員に近くなつて、うつらうつら長閑な気分になれる筈が無い。

〔1974（昭和49）年「文藝」4月号　初出〕

ドビン嬢

中等部を出て上の高等部に入つたら、文藝部と云ふのがあつたから、それに入会した。別に何の定見も無い。友人の一人の高田が、まあ、入つてみようよ、と云ふから附和雷同してふらふらと入会したやうな気がする。入会して暫くしたら、研究会があるから出席しろ、と幹事の上級生に云はれた。研究会なんて云はれても見当が附かない。

——何の研究をやるんですか？

と訊くと、萩原朔太郎の「猫町」に就いて話し合ふと云ふから益判らなくなつた。

——読んだかい？

——いいえ。

大体、萩原朔太郎が誰か知らないのだから、その書いたものを読んでゐる筈が無い。その辺の経緯は忘れたが、読まなくてもいいから出席だけしろ、多分、そんな話になつたのではないかと思ふ。

会場は小さな教室で、友人とその研究会に出てみたら、十人ばかり上級生が集つて「猫町」に就いて何だか難しい話をする。聴いてゐてもさつぱり判らない。読んでゐたら、多少は判つたかもしれないが、読んでゐないのだから話にならない。手持無沙汰だから別のことを考へてゐたら、誰かが、

——君達は何か意見はありませんか？

と訊いたから面喰つた。

われわれ二人だけ取残された恰好なので、親切気があつてさう云つたのかもしれないが、有難迷惑と云ふこともある。この二人はまだ読んでないんだ、幹事が説明して、「猫町」の載つてゐる古雑誌を此方へ廻して呉れた。見るとセルパンと云ふ雑誌で、回覧したせゐか汚れてゐて表紙も破れてゐた。

——何だ、安い雑誌だな……。

高田が低声でさう云つたのを憶えてゐるが、確か定価は十銭だつたと思ふ。セルパンを見たのはそれが初めてで、萩原朔太郎の名前を活字で見たのもそのときが初めてである。多分、セルパンに「猫町」が載つた翌年頃のことだから、古い話である。

会が終つてから、高田が遊びに来いと云ふから品川から省線電車に乗つた。友人の家は大森にある。電車のなかで、借りて来たセルパンを見ながら高田と話してゐると、見たやうな顔の学生服の男が傍へ来て、やあ、と云つた。気が附くと、先刻の研究会に出てゐた上級生の一人で、われわれの意見を求めた人物だから、狼狽てて挨拶した。髪を長く伸した温和しさうな男で、本の入つてゐるらしい風呂敷包を抱へてゐた。

——中村です。

さう云つて、その上級生は長い髪を搔き上げた。いまと違つて、当時は髪を長くしてゐるのは大体文学青年か画家の卵に限られてゐたから、その中村さんも一見如何にもそれらしく見えた。

——どこ迄……?

と訊くから大森迄と答へると、中村さんも大森に住んでゐることが判つて、これから自分の下宿に遊びに来ないかと中村さんが云つた。二人共別に異存は無いから、大森で降りてその下宿へ随いて行つたが、それがどの辺だつたか想ひ出せない。高田の家は何でも山の方にあつて、田舎道のやうな道を辿《たど》つて行くと、林の先に外国人の家があつて金髪の子供が遊んでゐるのを見掛けたりしたのを憶えてゐるが、中村さんの下宿はその反対の方角だつたかもしれない。

中村さんは最上級生だつたから、本来ならわれわれよりせいぜい三、四歳年長の筈だが、見たところ大分大人に思はれた。事実、后になつて七つばかり齢上だと判明したが、何故そんなに齢を食つてゐたのか、その辺の事情は知らない。

横町の素人下宿だつたと思ふが、狭い階段を上つて二階の中村さんの部屋に這入つたら、肘掛窓の外に紫の桐の花が咲いてゐるのが見えた。その窓の所に勉強机が置いてあつて、壁際に本棚が二つあつて本が竝べてある。何となく本棚を見てゐたら、中村さんがその一冊を抜いて、

——これ、知つてますか？

と訊いた。見ると、「青猫」と云ふ詩集で、著者は先刻覚えたばかりの萩原朔太郎である。研究会で朔太郎をやつたから、それで見せて呉れたのかもしれない。尤も、中村さんはその本が自慢らしく、得意さうにそれらしい話をしたと思ふが、何しろ此方は何も知らないのだから黙つて聴いてゐる他は無い。萩原朔太郎と云ふのはどうやら偉い詩人らしいが、「猫町」とか「青猫」とか、どうも猫に縁のある人だ、そんなことを考へてゐたのだから、折角の「青猫」も猫

に小判だつたらう。

本棚の上の壁に小さな額が架つてゐて、女の肖像画の複製が入つてゐた。青い服を着た若い女の斜め横を向いた顔が描いてある。

――誰の画ですか？

と訊いてみたら、ドガだと云ふ。そんな名前は初めて聞いたが、中村さんもその複製は誰かに貰つたとかで、ドガのことはよく知らなかつたらしい。知つてるかい？　と高田に訊いたら、知つてゐるやうな知らないやうな中途半端の返事をした。この男は親戚に洋画家がゐて、ときどきそこへ行つて知識を仕入れて来るらしく、画のことになると決して知らないとは云はないのである。

中村さんの部屋でどんな話をしたか一向に記憶に無いが、憶えてゐるのは中村さんが、

――ちよつと……。

とか何とか云つて勉強机に向ふと、原稿用紙を展げて詩を書いたことである。「ちよつと……」と云つたのは、詩興が湧いたからちよつと失礼、と云ふ意味だつたかもしれない。最初は中村さんが何を始めたのか判らない。何だか考へ込んで、ときどき辞書を引いては何か書く。その辞書が小型の英和辞典だから、英語の勉強を始めたのかしらん？　さう思つてゐたら、暫くして、

――詩が一つ出来ました。どうです？

と見せられたから吃驚した。見せられたのが日本語の詩だつたのは憶えてゐるが、何が書いてあつたかさつぱり記憶に無いのは中村さんに申訳無い。恐らく、読んでも何だか判らなかつたのだらう。后で高田と判らないくせに、

——何だかつまんない詩だつたな……。

と悪口を云つたりしたが、考へてみると、若僧二人を前に即席に作つた詩がいいものだつたとは思はれない。のみならず、二人共、詩なんて案外簡単に出来るもんだな、と思つたりしたのだから、中村さんも余計な真似をしたと云へるかもしれない。或はわれわれを啓蒙して、文学的雰囲気に浸らせてやらうと考へたのかもしれないが、その辺の所はどうかしらん？

一時間ばかりゐて、帰らうとしたら中村さんは、

——一緒に出ませう。

と云つてセルの着物に着換へると、駅に近い通に面した一軒の喫茶店に連れて行つて呉れた。中村さんはその店の常連だつたのだらう、店の女主人と親しさうに口を利いたりしてゐた。女主人は厚化粧した四十恰好の女で、当時ミツキイ・マウスの映画で観た、口紅を附けた馬に似てゐた気がするが、若しかすると別の店と混同してゐるかもしれない。もう一人、女の子の給仕がゐたが、これはなかなか可愛らしかつた。専ら蓄音器の傍にゐて、レコオドを取替へる。その頃は「碧空」と云ふ曲が流行してゐて、銀座へ行つてもどこへ行つても聞かれたが、或はこの店でも聴いたかもしれない。

別に話も無いから、ぼんやりレコオドを聴いてゐたら、

――どうです、あのひと？

と中村さんが低声でわれわれに訊くのである。

何のことか判らなかつたから、何ですか？　と訊き返したら、あの若い女性をどう思ふかと云ふことだと判つた。咄嗟にどう答へていいものやら判らない。大体、何故そんなことを訊くのだらう、と思つてゐたら、

――どうです、似てゐませんか？

と中村さんが云つた。

――誰に？

――ドガの画の女です。

――……？

高田と顔を見合せて、それからその娘さんをつらつら眺めたら、先方は困つたやうな顔をして向うを向いてしまつた。中村さんの部屋にあつた額の女を、それ程丹念に見た訳では無いから、似てゐるだらうと云はれても返答に困る。果して似てゐたかどうか、その辺の所は忘れたが、案外、中村さんはその娘が好きだつたのではないかと思ふ。

何とかさん、とその娘を呼んで、何とか云ふレコオドを掛けて呉れと注文したりする。そのときの中村さんは、何となく恥しさうな様子だから面白かつた。多分、中村さんが容易に尻を

上げさうになかつたからだらう、高田と二人一足先に店を出たらもう暗くなつてゐて、少し行つて振返つたら、暗い通にその店の灯が一つだけ明るかつた。

中村さんの下宿に行つたのはそのとき一度だけだが、喫茶店の方にはその後二、三度行つたことがある。暫く振りに高田の所へ遊びに行つたとき、ちよいと寄つてみないか、と高田が云ふからその店に這入つたら、いつの間にか高田はその店の常連になつてゐて、女主人ばかりか娘さんの方とも馴々しく無駄口を叩いたりするから大いに面喰つた。

多分、そのときだと思ふが、中村さんとその店で一緒になつた。

——中村さんよ……。

と娘が云ふから見ると、扉が開いて中村さんが這入つて来た。立上つて挨拶したら、中村さんも会釈したが、何も云はずに離れた席に坐つたから不思議である。下宿に来ないかと誘つたときの中村さんとは大分違ふ。何だか妙な具合だから、「氷島」を買つたと云はうと思つたが止めて置いた。

中村さんの下宿へ行つてから間も無く、新宿の本屋を覗いたら棚に萩原朔太郎の「氷島」があつたからそれを買つた。詩集を買つたのはそれが初めてだと思ふが、中村さんの所で「青猫」を見せられなかつたら、買つたかどうか判らない。

だから中村さんの顔を見たら、その話をするのが順序だと思ふが、先方は向うの方で知らん顔をしてゐる。高田は中村さんのことは一向に気に留めない顔をして、蓄音器の所にゐる娘と他愛も無い話をしてゐる。その裡に珈琲を喫み終つたのだらう、中村さんは卓子《テーブル》の上に代金を置くと、つまらなさうな顔をして出て行つてしまつた。

——中村さん、どうしたんだらう？

——どうしたのかな……。

高田は笑つてさう云つたが、その顔を見たら、ああ、さうかい、と合点が行つたやうに思ふ。どうやら中村さんは、新参者の高田がその店の常連のやうな顔をして、「ドガの画の女」に似てゐる娘と馴々しく口を利いたりするので気を悪くしたらしい。別に中村さんに訊いた訳では無いが、そんなことではないかしらん？

——中村さんは、お前のこと怒つてるらしいぜ。

——止せない。ちやんちやら可笑しいや……。

それから高田はこんな話をした。或る日、親戚の洋画家の所へ遊びに行つたら顔見知の画学生が来たので、近頃よく行く店にドガの画の女によく似た女の子がゐると話したのださうである。どうせ調子の好いことを吹聴したのだらう。それを聴いた画学生は莫迦に乗気になつて、それは是非見たい、気に入つたらモデルになつて貰ひたいとか云ひ出したから、高田も引込がつかなくなつた。その店ではそんな話も出来ないから、その娘さんを口説いて、休の日にどこかで画学生に引合せた。その結果、娘さんがモデルになつたかならなかつたか、それはまた別の話だから、どつちでも構わない。その后、折角の休日だからと云ふので、高田はその娘さんと仏蘭西映画を観に行つたと云ふ。

——ふうん……。

当時のことだから、或は「この野郎」と云つたかもしれない。

それから二、三日して高田がその店に行つたら、娘は嬉しさうな顔をして高田に先日の礼を云つて、とても愉しかつたとか、あの映画は良かつたとか話したらしい。そこ迄はいいが、生憎そのとき店に中村さんがゐたから、話がややこしくなつた。それ以来、中村さんは高田に会つても口を利かない、横を向いて知らん顔をするやうになつたと云ふのである。

高田にすれば、そんなことで中村さんが気分を害するのは、ちやんちやら可笑しいと云ふことになるのだらう。しかし、中村さんにすれば中村さんなりに、面白くないと思はざるを得ない理由があつたのだらう。

中村さんの下宿へ行つてから一年ばかり経つた頃だが、友人数人と大森のその店に行つたことがある。誰かが云ひ出して、湘南アルプスを歩いて、金沢八景を見た帰りに寄つたのである。湘南アルプスと云ふ名前が今でもあるかどうか知らないが、あんな低い山を何故アルプスなんて呼ぶのか判らない。しかし、名前に拘泥しなければ、新緑と躑躅《つつじ》の紅を見ながら歩くのは悪くなかつた。神武寺と云ふ古い寺があつて、巨きな樹立が鬱蒼と茂つてゐるひつそりした境内に一軒ぽつんと茶店があつた。そこでラムネを飲んだのを憶えてゐるが、あの辺はいまはどうなつてゐるかしらん？

喫茶店に行つたときは夜になつてゐたから、珈琲の替りにビイルを飲んだ。何でもその店は夜になると酒場になつて、酒場になると例の娘さんは引込んで、替りに別の女性が二、三人現れる仕組になつてゐたらしい。そんなことは知らないから、

——何だい、ゐないね？

と高田に云つたら、高田がその仕組を話して呉れたのである。

或るとき、高田がドガの画の女性は、ドビンさん、と云ふ名前だと判つたと教へて呉れた。画学生か誰かに聞いたのかもしれない。土瓶か薬鑵《やかん》と間違へさうな変な名前だと思つたが、ドビンならドビンで仕方が無い。だからその頃はその店の娘さんを高田は、ドビン、と呼んでゐたかもしれない。

その晩ドビンはゐなかつたが、客は沢山ゐて、奥の方では数人の男が酒を飲みながらマダム相手に賑かに何か喋つてゐた。われわれも莫迦話をしてゐたら、その裡に奥の方で萩原朔太郎と云ふ名前が出て来たから、おやおや、と思つた。多少馴染になつた名前だから、何だらうと思つて聴いてゐるとマダムが、萩原朔太郎は酔つ払ふと、俺は女房に逃げられて淋しいんだ、と云つて泣いたと云ふ話を得意さうに披露してゐる。いつ頃、どこで酔つて泣いたのか知らないが、マダムは見てゐたやうな口吻《くちぶり》である。何だか、それはこの店だつたやうにも聞える。

奥の席の連中は、頻りに面白がつて聴いてゐるらしかつた。高田も聞いたのだらう。

――萩原朔太郎が泣いたなんて云つてるぜ。

と云つて笑つてゐた。多分、事実だつたかもしれないが、マダムの話を聴いてゐると、どう云ふものか嘘だと云ふ気がしたから不思議であつた。別に「氷島」を買つたからではないが、その頃は若かつたから、マダムがそんな話を得々と喋るのに好い感じを持てなかつたのだらう。それでそんな気がしたのかもしれない。

萩原朔太郎の名前を耳にしたら、中村さんのことを想ひ出したが、その頃中村さんはもう学校を卒業してゐて、その后のことは判らない。高田に訊いても知らなかつた。この店にも全然姿を見せなくなつたと云ふから、東京にはゐなかつたのかもしれない。

――中村さんも、どうしてるかな……。

珍しく高田がそんなことを云つたから冗談に、気が咎めるか？　と訊くと高田はこの莫迦野郎と云つた。それから少しばかり真面目な顔をして、中村さんは本当にドビンが好きだつたのかな……、と独言のやうに云つたが、高田がどう云ふ心算でさう云つたのかよく判らない。しかし、それを聞いたら肘掛窓の外に見えた紫の桐の花が浮んで、今年も咲いてゐるかしらんと思つたりした。

その后中村さんのことは悉皆忘れてゐたが、偶然二度ばかり会つたことがある。一度目は、大学生になつてゐたから、それから三、四年経つた頃だと思ふ。或る日、新宿駅のプラットフオオムを階段の方へ歩いてゐると、突然、一人の兵隊が駈寄つて来て、大声で、

——やあ……。

と云つたから吃驚した。見ても誰だか判らない。眼をぱちくりさせてゐたら、その兵隊が、

——中村だよ、ほら……。

と名乗つたから、やつとあの中村さんだと気が附いて二度吃驚した。髪を長く伸した、如何にも文学青年らしい中村さんしか記憶に無かつたから、兵隊姿の中村さんを見てもさつぱり判らなかつたのである。のみならず、中村さんは温和しい、後輩にも叮嚀な言葉を遣ふ人だと思つてゐたのだが、眼の前の兵隊はなかなか元気が良かつた。大きな声で、これから千葉のどことかに何時迄に行かなくちや不可ないのだとか云ひながら、その間も駅の時計と腕時計を見較べたり、

——本当に懐しいなあ……。

と何度も繰返したりした。

外出して、偶然昔の後輩に会つたことが余程嬉しかつたのだらう。愉快だなあとか、奇遇だなあとか云ふ言葉も連発した。何しろ時間が無かつたから、話らしい話は出来ない。

——君の友達の……。

——高田ですか?

——さうさう、高田君。あのひとも元気か？

——元気です。

高田はその頃身体を壊して山の療養所へ入つてゐたから、余り元気ではなかつた筈だが、さう答へると中村さんは、懐しいなあ、と如何にも懐しさうな顔をした。ドビンのことなぞ、疾うに忘れたと云ふ顔だつたと思ふ。中村さんとは二、三分話をしたに過ぎない。電車が来たら中村さんは、

——ぢや、元気で。

と云つて握手すると、走つて行つて電車に乗つた。見てゐると、中村さんは扉の硝子越しに此方を見て敬礼の恰好をしたから、此方も手を挙げた。

思ひ掛けなく中村さんに会つて愉快だつたから、その次第を高田に書いて送つたら、高田は療養所で俳句を始めたらしく、その返事に近作とか云ふ奴を幾つか書いて寄越した。そのなかにドビンがどうとかと云ふ句があつたが、何だか川柳みたいで可笑しかつた記憶がある。

二度目に中村さんに会つたのは、戦争の終つた年の秋だから、新宿駅のプラットフォオムで偶然中村さんに出会つてから更に三、四年経つてゐる。何故その年の秋とはつきり憶えてゐるかと云ふと、「新生」のトラックを見たからさう云へるのである。しかし、このときは会つたと云つていいのかどうか、自分でも判然としない。

銀座の焼跡はどうなつてゐるかと思つて、或る日見に行つた帰り、有楽町へ出て、殺風景な通を東京駅の方へ歩いてゐると、何だか大声で怒鳴る声が聞えるから、見ると一台のトラックが走つて来る。トラックには旗だか幟《のぼり》が何本も立ててあつて、そこに「新生」と書いてあつたから、

——ああ、さうか。

と直ぐ合点が行つた。その頃、「新生」と云ふ雑誌が鳴物入で創刊されたのを知つてゐたからだが、トラックはその宣伝のためのものだつたのだらう。乗つてゐる男達は威勢良く何か叫んでゐて、なかなか意気盛んなものに見えたと思ふ。何しろ大抵の人間は凡そ意気揚らなかつた当時のことだから、余計さう見えたのかもしれない。

トラックを見送つてまた歩いて行つたら、どの辺か忘れたが、先方の路傍で何か売つてゐるらしく、その前に男が一人立つてゐる。近附いて見ると、一人の爺さんが昆布だか若布《わかめ》の干物を売つてゐた。何気無く、買つてゐる男を見て、おやおや、と思つた。草臥れた洋服を着てゐる男だが、どこかで見た顔だと思ふ。途端に記憶が甦つて、

——中村さん……。

と声を掛けたら、その男と一緒に爺さんも此方を見た。ところが振向いた中村さんは、やあ、とも何とも云はない。直ぐ視線を逸らして、爺さんに貰つた昆布だか若布を新聞紙に包んで、肩から吊したズックの雑嚢に蔵ひ込んだ。それから挨拶があるのかと思つてゐたら、その儘知

らん顔をして行つてしまつたから、どう云ふことか判らない。

呆気に取られてその後姿を見てゐたら、

——人違だね。

と爺さんが云つた。どうも恰好が悪いから、うん、と云つてその場から逃出したが、何とも納得が行かなかつた。

本当に人違だつたのかもしれないが、間違無く中村さんだつたとも思はれる。中村さんだつたとすると、何故知らん顔をしたのかしらん？　悉皆忘れてしまつたのか、それとも他に何か理由があつたのだらうか？　歩きながらそんなことを考へた気がするが、こんなことは考へても仕様が無い。だから、このとき中村さんに会つたと云つていいものかどうか、正直の所判らない。それから暫くして電車に乗つたら、日が沈み掛けてゐて、夕焼空を背景に、富士が大きく黒く見えたのを憶えてゐる。

高田がゐたら中村さんのことを一筆知らせてやる所だが、高田はその二年ばかり前に死んだ。詳しいことは知らないが、胸の病気で死んだのである。或は、いまなら死なずに済んだかもしれない。

去年のことだが、或る百貨店でドガの展覧会が開かれたから観に行つた。観て歩いてゐると、若い女の肖像画があつた。青い服を着た若い女の斜め横を向いた顔が油で描いてある。

——ああ、あるな。

と思つたのは、馴染の画だつたからだらう。この画は中村さんの下宿で複製を見たのが最初だが、その后も何度か画集等で見てゐる。観てゐたら、ひよつこり、忘れてゐたドビンを想ひ出したから意外な気がした。それ迄画集や何かで見たときは、一度もそんなことは無かつたのに、真物を観たら例の娘さんを想ひ出したのはどう云ふ訳か知らない。想ひ出したら、序に遠い昔が甦つて、暫くその画の前にぼんやり立つてゐたと思ふ。一体、あの娘さんはその后どうしたかしらん？

画の前を離れるとき、画の題を見たら、ちやんと「ドビニ嬢」と書いてあつた。ドビンぢやなくてドビニだ、と呟いたら、いや、ドビン嬢だ、高田が怒つてさう云ふ声がどこかで聞えた。

〔1977（昭和52）年「群像」7月号 初出〕

エッグ・カップ

戦争の終つた年の秋のことだが、疎開先から引揚げて来て、久し振りに銀座の様子を見に行つたら矢鱈に混雑してゐて吃驚した。その大半はアメリカの兵隊で、どこへ行つても頓狂な声が聞えるから面喰ふ。以前百貨店だつた廃墟のやうな建物の地下室で、何か催物をやつてゐるらしいから降りてみたら、けばけばした色彩の着物とか、七福神とか、派手な陶器とかが竝べてあつて、それを兵隊達が見物してゐた。降りて莫迦を見たと思ふ。

何だか気が滅入つたから怱々に出て来て、埃つぽい雑沓のなかを歩いて行くと、楽器店が開いてゐたから這入つてみた。そこが昔から楽器店だつたことは知つてゐたが、当時のことだから果して売るやうな楽器があつたかどうか疑はしい。硝子の棚とかケエスが竝んでゐたのは憶えてゐるが、どんな楽器が置いてあつたか一向に記憶に無い。多分、碌な物は無かつたのだらう。その替りと云ふ訳でも無いが、この店にも兵隊が沢山這入つてゐて、大声で喋つたり笑つたりしてゐた。碌すつぽ品物も無い店に、何故そんなに沢山這入つてゐたのか不思議だが、連中も行く所が無くて閉口してゐたのではないかしらん？

硝子の棚の上に、ベエトオヴエンの石膏の胸像がぽつんと一つ載せてあつた。楽器が無いから、その埋合せの心算だつたかもしれない。

昔、銀座の裏通に名曲鑑賞を売物にする喫茶店があつて、或るとき、友人とその店に這入つたら、近くの席に髪を長く伸した和服の男が坐つてゐた。卓子《テーブル》の上に原稿用紙を展げて置いて、その上に万年筆を載せて、当人は腕組なんかして眼を瞑《つむ》つてゐる。

——何だか可笑しな野郎がゐるぜ。

と友人は呆気に取られてゐた。

どう云ふ料簡か知らないが、当人には当人の都合と云ふものがある筈だから、傍で兎や角云ふべき筋合のものではない。しかし、こんな薄暗い店で本当に原稿を書くのかしらん？　何だか気になるから何となくその男を見てゐたら、男は突然眼を開くと店の女を手招きした。希望のレコオドを注文するらしい。何故さう思つたか知らないが、この男は多分ベエトオヴエンと云ふのではなからうかと思つてゐたら、果して、

——ベエトオヴエンの何とかを掛けて呉れ給へ。

と云つたから面白かつた。

無論、男はちやんと曲の名前を云つたのだが、生憎それが何だつたか忘れたから、「何とか」と云ふ他無い。

硝子棚の上のベエトオヴエンを見たら、ひよつこり、そんなことを想ひ出した。想ひ出したら昔の銀座が懐しい。

——ベエトオヴエン？

突然耳許で声がしたから振向くと、傍に図体の巨きな血色の好い若い兵隊が立つてゐて、石膏の胸像の主はベエトオヴエンかと訊いてゐるのである。さうだ、と点頭くとその兵隊は近くにゐたその店の女の子に、胸像を指して、

——幾らか？

と訊いた。訊かれた女の子は此方を向くと、

——これ、売物ぢやないんです。

と困つたやうな顔をした。或は、その兵隊の連だと思つたのかもしれない。仕方が無いから、その女店員の言葉を兵隊に取次いでやつた。

——これは売物ではないさうだ。

——売らないのか？

——売らない。

大きな兵隊は二、三度頭を横に振つて、残念さうな顔をした所を見ると、或は本気で買ふ心算だつたのかもしれない。それから、その兵隊は硝子のケエスに両肘を突くと、

——お前は音楽家か？

と訊いたから面喰つた。真逆、楽器店に這入つてゐたから音楽家だと思つた訳でも無からうが、石膏像をベエトオヴエンと肯定しただけで音楽家かと来たのだから恐れ入る。尤も、后で考へてみると、何となく話の切掛が欲しかつたので、そんなことを訊いてみたのかもしれない。

——音楽家ではない。

さう答へたら、先方はそれでは面白くなかつたと見える。

——いや、ピアノを弾くだらう？

——否。

——ヴァイオリンか？

——否。

それからまだ四つ五つ楽器の名前を竝べて、それぢや……、と他の楽器の名前を想ひ出さうとしてゐるから、その前に「否」と云つたら兵隊はやつと納得したらしく笑ひ出した。

——お前は音楽家ではないな。

——その通り。音楽家ではない。

大きな兵隊は胸のポケットから烟草を取出すと一本呉れた。外国烟草なんて、もう何年も喫んだことが無い。蔵つて置いて后で喫まうと思つたら、相手は素早く燐寸《マッチ》を擦つて火を点けて呉れた。兵隊は自分も烟草に火を点けると、

——私はビル・ハサウエイだ。

と云つて大きな右手を差出したから、此方も名前を云つて握手した。ハサウエイと憶えてゐるのは、昔観た映画「ベンガルの槍騎兵」の監督ヘンリ・ハサウエイと同名だつたからで、さうでなかつたら憶えてゐたかどうか判らない。

大きな兵隊は伸上つて、店のなかをあちこち見廻してゐたが、やつと誰か見附けたらしい。大きな声で、

——おい、ジヨオジ、此方へ来い。

と呼んだ。

呼ばれてやつて来たのは莫迦に小さな兵隊で、大きな兵隊の半分ぐらゐしかないやうに見えた。しかし、大きな兵隊よりは年長らしく、眼鏡を掛けてちよび髭なんか生やしてゐた。大きな兵隊が紹介して呉れたから、今度はその小さな兵隊と握手したが、ジヨオジ・何と云つたか憶えてゐない。ワシントンなら忘れつこないが、さうは行かない。

小さな兵隊は握手するとき、

――初めまして。お眼に掛れて嬉しい。

と云つてにつこり笑つた。

何となく、兵隊はそんな教科書みたいな挨拶はしないものだと思ひ込んでゐたから、それを聞いて意外な気がした。或は狼狽てて、私もお眼に掛れて嬉しい、と附加したかもしれない。

大きな兵隊は小さな兵隊に例のベエトオヴエンを示して、

――これは誰か知つてゐるか？

と訊いた。

――さあ、知らない。

――勿論、知つてゐるさ。俺はこの像を買はうと思つたが、売物ではないさうだ。

大きな兵隊はもう一度残念さうな顔をして見せたが、小さな兵隊は何も云はない。そんなことはどうでもいいと云ふ顔で、ふん、ふん、と聞いてゐる。

それから三人で暫く立話をした。話をしたと云ふよりも、大きな兵隊の話を聴いてゐたと云つた方がいい。小さな兵隊は余り喋らなかつた。大きな兵隊の話では、インデイアンの話しか憶えてゐない。インデイアンは好い奴等だ、われわれにぺこぺこしないからいい、と頻りにインデイアンを讃めてゐたが、インデイアンの話になつたら熱が入つて早口になつたから、半分も判らなかつたと思ふ。何故インデイアンの話になつたのか忘れたが、大きな兵隊の郷里に関係があつたのではないかしらん？　その郷里がどこだつたか、生憎、これも記憶に無い。

小さな兵隊は、カリフオルニアのどことかから来たと云つた。傍から大きな兵隊が、

――ジヨオジはアルメニア人で、小さな哲学者だ。

と補足して、面白さうな顔をした。

――哲学者？

――さうだ……。

大きな兵隊は太い指先で自分の額をとんとんと叩いて、茲の所がわれわれと違ふのだ、と云つて笑つた。小さな兵隊は黙つて、遠い所を見るやうな顔をして笑つてゐる。アルメニアで想ひ出したから、

――サロオヤンを知つてゐるか？　作家のウヰリアム・サロオヤンだ……。

と訊いてみたら、小さな兵隊は莫迦に嬉しさうな顔をした。無論、知つてゐる。と云つても個人的に知つてゐると云ふ意味ではない。しかし……。

——おお、彼はわれわれの誇だ。

それから、書いたものを読んだことは無いのだが、と云つた。そんなことを云へば此方だつて、学生の頃清水俊二訳で「わが名はアラム」を一冊読んでゐたに過ぎない。大きな兵隊は、サロオヤンなんて名前は聞いたことも無い、と不思議さうな顔をしてゐた。

これは大分后のことだが、知人の某さんが訪ねて来てロシア旅行の土産話をして呉れたことがある。そのとき、アルメニアに行つた話も出た。何でもアルメニアのどことかのホテルに泊つたら、そこのボオイが某さんに、

——貴方はたいへん果報者だ。

と云ふ。理由を訊くとボオイはこんなことを云つた。アメリカにゐるサロオヤンと云ふ偉い作家は、毎年アルメニアにやつて来る。やつて来ると必ずこのホテルに滞在するが、泊る部屋も決つてゐる。

——つまり貴方は、サロオヤンと同じ部屋の同じベツドに寝られるのだから……。

ボオイは誇らし気に教へて呉れたさうである。それを聞いたら、某さんも何となく果報者らしい気分になつたさうだが、某さんのその話を聞いたら、戦后間も無い頃楽器店で会つた小さな兵隊をひよつこり想ひ出した。おお、彼はわれわれの誇だ、と云つた小さな兵隊の嬉しさうな顔が甦つて何だか懐しかつた記憶がある。

二人の兵隊とどこで別れたか、はつきりしない。大きな兵隊が、

――一緒に少し歩かう。

と云ふので楽器店を出て、雑沓のなかを一緒に歩いたりしたから、その途中どこかで二人と別れたのだらう。尤も、その前に小さな兵隊は買物をした。

通に露店が沢山竝んでゐたから、それを見ながら歩いてゐたら、或る店の前で小さな兵隊が立停つた。店と云つても歩道に茣蓙《ござ》か何か敷いて、その上に安物の瀬戸物をごちやごちや竝べてゐる。そのなかから、小さな兵隊はちつぽけな白い茶碗を取上げると、叮嚀に見てゐるから不思議な気がした。

よく見なかつたから判らないが、何でも白地に赤い模様が附いてゐて、正式な名称は知らないが、確かそんな茶碗はお稲荷さんの祠《ほこら》の前で見たことがある。

――これは幾らか、訊いて呉れないか。

小さな兵隊が頼むから、坐つてゐる親爺に値段を訊いて教へてやつたら、小さな兵隊は満足したらしい、そのちつぽけな茶碗を四つ買つた。親爺は四箇の茶碗を新聞紙に包みながら、これ買つてどうするのかね、あちらでも遣ひ道があるんですかね？と不思議がつてゐる。さあ、どうするんだらう？何しろ此方も知らないのだから返答の仕様が無い。

何とも納得が行かないから、

――一体、この茶碗を何に用ゐるのか？

と訊いてみた。

――エッグ・カップに用ゐるのだ。私の妻が前から欲しがつてゐたのだ……。

小さな兵隊は当然のことのやうに、さう云つて笑つた。

――我家には妻と二人の可愛い男の子がゐる。一人は五歳で、一人は三歳だ。

その言葉を聴いたら途端に、カリフオルニアのどこかの、見たことも無いこの男の家庭が眼に浮ぶやうな気がした。それは小さな家だが幸福な家庭らしい。食卓にこの茶碗を竝べたとき、この男は妻や子供にどんな話をして聞かせるのかしらん？

どう云ふ心算か、大きな兵隊は此方を見て二、三度眼配せをしてみせたが、何だか、おい、聴いたかい？　と云つてゐたやうにも思はれる。


〔1977（昭和52）年「文藝」9月号　初出〕

片栗の花

随分昔のことになるが、伊馬《いま》さんが発起人、兼案内役になつて東北旅行に出掛けたことがある。同行者は井伏さん、横田さん、それに小生の三人で、古い備忘録を引張り出して見ると四月中旬に出掛けたことになつてゐる。一体、どう云ふ切掛で旅行に出ることになつたのかさつぱり記憶に無い。どうせ酒でも飲んでゐるとき伊馬さんがその温泉宿の話を持出して、あんないい所は滅多に無い。

——皆さんが行けば先方も大いに歓迎して呉れます。是非行きませう。

——はい、はい。

そんな具合に話が纏つたのではないかしらん？　若しかすると伊馬さんは先方の宿の主人に、井伏さんを引張つて来るから歓待するやうに、と話してゐたかもしれない。

行先は仙台の手前の白石から少し入つた所にある小原温泉と云ふのである。そんな温泉の名前は寡聞にして知らなかつたが、伊馬さんの話に依ると山のなかの洵に静かで鄙びた所だと云ふ。井伏さんが、

——熊が出て来やしないかね？

と云ふと、伊馬さんは狼狽てて、

——滅相も無い。どうぞ御心配無く……。

と否定した。

当日は上野発九時の急行「青葉」に乗つて、食堂車でビイルを飲んでゐる裡に白石に著いた

※伊馬春部（1908-1984）。劇作家。

と思ふ。「青葉」なんて云ふ急行は疾うに無くなつてゐるだらう。尤も、上野駅で九時発の汽車に乗るのに、肝腎の伊馬さんが姿を見せない。案内人が来ないと、三人共どこへ行つていいのか判らない。大いにやきもきしてゐたら、九時三分前に伊馬さんが現れてやれやれと思つたが、これはまた別の話と云ふことにしたい。ひとつ附加へて置くと、食堂車でビイルを飲んでゐるとき伊馬さんは、

——旅馴れた人間は、発車ちよつと前に駅に行くものです。

と低声で云つた。それから、

——これは井伏先生には内緒ですよ。

と念を押した。

白石駅に著いて意外に思つたのは、宿の車が迎へに来てゐたことである。それも大型の高級車だから、何だか狐に抓《つま》まれたやうな気がした。何しろ、熊はどうだか知らないが、狐や狸ぐらゐは出さうな山のなかと思つてゐたのだから無理も無い。もうひとつ、温泉宿の名前はホテル・鎌倉だと云ふから、これも意外であつた。鄙びた山の宿がホテルと云ふことになると、何だか気持がちぐはぐになる。

車にはホテルの主人の奥さんが乗つてゐて、愛想好くわれわれを迎へて呉れた。その車で白石の町を抜けた訳だが、途中に堤のやうなものが見えて、堤に沿つて植ゑてある桜が満開だつ

たのを憶えてゐる。もうひとつ記憶にあるのは、初めて見る白石の町がたいへん扁平だつたことである。

——随分、背の低い町ですね……。

と云つたら、隣の横田さんが、

——ほんと、背の低い町だ……。

と相槌を打つた。

このことはその儘忘れてゐたが、その后何年か経つて、或るとき幸田露伴の本を読んでゐたら、次のやうな文章があつた。

「白石の町は往時民家の二階建を禁じありしとかにて、打見たるところ今猶巍然《ぎぜん》たる家無し。片倉小十郎は面白き制を布きしものかな」

一読、成程、と背の低い町を想ひ出して合点が行つた。片倉小十郎は伊達家の重臣で白石の殿様だが、何故二階建の家を禁止したのかしらん？　因みに露伴が白石の町を見たのは明治二十年のことらしい。江戸時代からずつと平りべつたかつた町が明治二十年になつても平りべつたいと云ふのは、江戸の名残りで余り驚くには当らないだらうが、爾来、七十余年を経て「今猶」平べつたい儘で背伸びしてゐない。露伴の文章を読んだとき、頑固な白石の町に大いに敬服した記憶がある。

但し、われわれが背の低い白石の町を初めて見てから、既に三十年近い年月が経つてゐる。

或は白石の町も、いまでは悉皆姿を変へてしまつたかもしれない。

好く晴れた日で、白石の町を出てから小原温泉迄行く途中の道は、なかなか良かつた。右手は白石川で、道は川に沿つて溯るのだが、道が上るにつれて川は深い溪谷を造り、あちこちに白い滝を落してゐる。溪谷の向うには低い山が連つてゐて、その山の間からときをり雪を頂く蔵王が見えたが、この蔵王は莫迦に美しかつた。その后、小原には何度か行つたから、この道も何度か通つた訳だが、蔵王がこのときぐらゐ美しく見えたことは一度も無い。

尤も、最初は何も知らない。何だか遠くに莫迦に綺麗な山が見える。

——あの山は……?

と訊くと、誰かが、

——あれは蔵王です。

と教へて呉れた。すかさず伊馬さんが、

——蔵王ぐらゐ憶えて置いて下さいよ。

と一言あつたのは、地元に敬意を表したものと思はれる。何故蔵王が格別美しく見えたのか、季節のせゐか天候のせゐか知らないが、このときの蔵王は忘れられない。

ところどころ、溪谷の上に向う側から此方側へロオプか何か渡してあつた。何かと思つたら、

——向うの山で焼いた炭を、あれで此方へ送ります。

ホテルの奥さんが教へて呉れた。

奥さんは運転手と相談して、途中の一番眺望の佳い場所で車を停めて呉れた。どうやら、一番眺望の佳い場所と云ふのは渓谷の一番深い所と云ふことらしく、高さ何十米の断崖とか聞いたが憶えてゐない。

——先生、ちよつと覗いて御覧になりませんか？

とホテルの奥さんが井伏さんに勧めたが、

——いいえ、結構ですから。

と井伏さんは崖に近寄らなかつた。このとき伊馬さんの撮つて呉れた写真がある。他の連中は崖に近い方に何となく寄合つて立つてゐるが、井伏さんは一人、道の真中に立つてゐて、頑として崖には近寄るまいと云ふ姿勢に見える。

道の左手には山が続いてゐたが、ちやうど車を停めた所の山裾の崖に、紫の片栗の花が咲いてゐた。片栗の花を見たのはこのときが初めてだが、ホテルの奥さんは片栗を、

——あれが、かたかご、の花です。

と教へて呉れた。

——万葉集に出て来る植物ですね。

と伊馬さんが註訳を加へた。かたかごは片栗の古名だが、その辺ではその古い名で呼んでゐたのかもしれない。后で万葉集を覗いて見たら、もののふの八十をとめ等が把み乱ふ寺井の上の堅香子の花、と云ふ歌があつた。

ホテル・鎌倉は、小原温泉の一番奥にあつた。小原には旅館が五、六軒あつたと思ふが、町らしい家竝は無かつたやうである。低い山に囲まれたささやかな平地に、こけし作りの民家とか農家が点在してゐて、何となく山懐に抱かれたと云ふ感じがあつた。平地の中央を白石川が流れてゐるが、この辺迄溯ると深い溪谷は悉皆姿を消してしまつて、石ころの多い河原を持つ只の川になる。川には吊橋が架つてゐて、向うにホテルが見えるが車は吊橋を渡れない。われわれは車を降りると、吊橋を歩いて渡つてホテルに這入つた。

白石で迎への車を見たときも吃驚したが、ホテルへ行つて見たら、そんな山里に似合はぬ洒落た洋風の建物だつたから、おやおや、と改めて吃驚したかもしれない。

——伊馬君の話だと、熊が出るとか云ふことだつたが……。

と井伏さんが云つたら、伊馬さんは面喰つたらしい。

——私は熊は出ないと申上げた心算ですが……。

と急いで訂正したから何だか面白かつた。多分、井伏さんもモダンなホテルなので意外に思はれたのかもしれない。この后、井伏さんと白石川で釣をしたのだが、この話は前に短い文章に書いたことがあるので、御免を蒙つてそれを茲に再録したい。題は「釣竿」と云ふのである。

(前略)病気して一年ばかり臥たことがあるが、そのせゐかもしれない、或るとき井伏さんが、

——釣をやると健康になる。君も釣を始めるといい。

と云つて、阿佐ケ谷の北口の釣具屋で釣竿を買つて下さつた。或は酒を飲んで夜更しするばかりが能ではあるまい、と云ふ意味もあつたかもしれない。阿佐ケ谷の北口も悉皆変つたらしいが、その店がまだあるかどうか知らない。何しろ、駅の近くに屋台の飲屋が並んでゐた頃だから随分古い話である。多分、その晩も釣具屋を出てから、井伏さんとその飲屋の一軒に行つたと思ふ。別に記憶は無いが、さう思はないと締括《しめくくり》がつかない。

井伏さんは釣具屋で、繋いだ長い竿を往来に向けて手許で調子を見ながら、胴調子だとか、先調子だとか、店の親爺と話してゐた。そんな言葉は初めて聞くから、何のことか判らない。

——君、これでいいかね？

と井伏さんに訊かれたが、いいも悪いもある筈が無い。はい、結構です、と有難く頂戴したが、それが何調子だつたかさつぱり憶えてゐない。

折角の釣竿だが、これはその后一度しか用ゐたことが無い。釣竿を頂いて一年ばかり経つた頃だと思ふが、井伏さんと東北の小原温泉に行つたことがある。このときは伊馬春部《はるべ》さんが音頭を取つて、横田瑞穂※さんも同行した。たいへん愉快な旅行だつたが、それは別の話と云ふことにして、釣の話に限定したい。

旅行に出る前に井伏さんから、釣をするから釣竿持参のこと、餌を買つて来ること、と話があつたから、ちやんと釣竿を携へて行つた。餌も餌入も、吉祥寺の釣具屋で買つて旅行鞄に入

※横田瑞穂（1904-1986）。ロシア文学者。

れて行つた。確か四月中旬頃だつたと思ふ。伊馬さんの知つてゐるホテル・鎌倉に着いたのが午后何時だつたか忘れたが、それはどうでもいい。

早速、夕食時迄釣をすることになつて、宿の部屋で井伏さんから、糸のつけ方等いろいろ教はつて、伊馬さんと横田さんは釣をしないから、井伏さんと二人で河原に出て行つた。何しろ、ホテル・鎌倉の前を白石川が流れてゐるのだから都合が好い。

――君、こんな風にやるんだ。

と井伏さんが模範を示したから、その真似をして川面に糸を垂れた。初陣の功、と云ふ言葉がある。別にさう思つた訳では無いが、何でも最初のときは、妙な弾みで金的を射止めることもある。若しかしたら、大物が掛るかもしれない。さう思つて河原に立つてゐたが、何の反応も無いから張合の無いこと夥《おびただ》しい。

初心者が釣れないのは仕方が無いが、向うの井伏さんを見ると、先生も何となく手持無沙汰の様子だから不思議であつた。うすら寒い風に吹かれて、一時間立つてゐたか、二時間立つてゐたか知らない。

――……?

気が附くと、傍に宿の番頭らしい男が立つてゐて、何か云ふからよく聴いてみると、いまは雪解でこの川に魚はゐません、とか云つた。魚がゐなくては、初陣の功も何もあつたものではない。名人だつて釣れる筈が無い。(後略)

ざつと以上のやうな次第だが、旅行に出る前、宿の前の川は釣には持つてこいだと大いに宣伝してゐた伊馬さんにとつて、これは心外だつたやうである。

——魚がゐない筈は無いんですがね……。

と納得の行かない顔をしてゐた。それから何年か経つて、伊馬さんから便りを貰つたことがある。それには、いまホテル・鎌倉に来てゐます。ロビイに坐つて川を見てゐると、釣師が一尺ばかりの鮠をどんどん釣上げてゐます。白石川には、魚はちやんとゐるのです、と書いてあつた。

夜になると冷え込むからだらう、その晩は大きな炬燵の食卓に向つて食事した。ホテルの主人夫婦も同席したが、当然、魚のゐない川の釣が話題になつて、何となくみんなにやにやしたと思ふ。尤もそのときホテルの主人は、目下白石川は雪解の増水で、普段は水の無い河原迄水を被つて川幅が二倍くらゐになつてゐる、その水を被つた河原に糸を垂れても魚は寄つて来ないかもしれない、そんなことを云つた。

若しかすると、宿の男も、

——この川に魚はゐません。

と云つたのではなくて、この場所には魚はゐません、と云つたのかもしれない。

食卓には、横田さんの表現に依ると「山海の珍味」が沢山載つてゐた。海のものは塩釜だか石巻から車で取寄せたとかで、賑かに竝んでゐたが、これに劣らず、如何にも山の宿らしい感じのするものも所狭しと竝べられてゐた。備忘録を見ると、

こごみ、しどき、野生のみつば、せり、わらび、むきたけ、かや、その他、忘れた

と書いてある。実際のところ、こごみ、しどき、と云つても、一体どんなものだつたか一向に想ひ出せない。想ひ出せなくても差支へ無いので、そのときは卓上の珍味を突附きながら愉快に酒を飲んだと思ふ。

酒を飲みながらどんな話をしたか憶えてゐる筈も無いが、ひとつ、ホテルの名前の由来に就ての話は記憶に残つてゐる。多分、横田さんだつたと思ふが、

——ホテル・鎌倉の鎌倉と云ふのは、どこから出たのですか？

と訊いたら、ホテルの主人は前にも何度か同じやうな質問を受けたことがあるらしい。

——はい、よくお訊ねがありますが……。

実は相模の住人、鎌倉権五郎景正と関係があるのだと云ふ返事で吃驚した。細かい点は忘れたが、主人の話に依ると、昔、と云つても八幡太郎源義家が出て来るのだから、たいへんな昔だが、源義家が奥州征伐にやつて来たとき、この近くに陣を布《し》いたのださうである。そのとき、義家に随いて来た一人が天下の豪傑鎌倉権五郎で、当時この辺の山にゐて頻《しき》りに悪事を働いて住民を困らせてゐた大百足《むかで》を見事に退治した。爾来、大百足のゐた何とか山は、鎌倉山と呼ばれるやうになつた。つまり、ホテルの名前はその鎌倉山に因んでつけたと云ふのである。

主人は自分の背后の方を指して、

——鎌倉山はこの方角に見えます。

と云つてゐたから、山は実在するのだらう。昔は山の麓に大百足が棲んでゐたと云ふ深い洞穴があつて、百足穴と呼ばれてゐたが、いまは埋つて跡型も無い。主人はさう云つてから、まあ、そんな伝説がございます、と笑つてゐた。

酒宴が何時に終つたか知らないが、その后井伏さんと将棋を指した。いまならそんな真似はとても出来ないが、当時は平気だつたらしい。その頃は井伏さんと旅行に出るとよく将棋を指したが、どう云ふものか旅先で将棋を指すと成績が宜しくなかつた。多分、このときも負けたのだらう。

四時過ぎ頃迄将棋を指して、それから寝たと思ふが、或はその前に井伏さんと寝酒にウヰスキイを飲んだかもしれない。別に記憶は無いが、ものの順序としては飲んだとして置く方が気持が落着く。寝る前に何となく川に面した窓を開いたら、雪解の川の音が急に高くなり、冷たい空気が流れて息が白く見えた。

川の向うは低い山になつてゐたが、その中腹の崖の路を一人の男が急ぎ足で歩いてゐるのが見えた。山はまだ冬枯の儘の風景で、その男は妙に寒さうに見える。こんな早朝、

——一体、どこへ行くのかしらん？

暫くその男の姿を見てゐたと思ふ。

伊馬さんの作つた日程表に依ると、二日目は車で県境を越えて山形県に下り、旧知の樽平醸造元を小松に訪ね、その夜は上の山温線に一泊する。翌日は山形へ出て仙山線で仙台に至り、浅酌の后、再びホテル・鎌倉に戻る。次の日はホテル・鎌倉近在を逍遥し、帰京、新宿樽平にて解散式を行ふと云ふもので、実際はこれに多少予期せぬおまけが附いて些か強行軍だつたが、大体この日程表通りに上手く行つてなかなか面白かつた。

但し、この強行軍をその儘紹介すると、これはたいへんな強行軍になつて草臥れるから、その辺は適当に駈足で通り過ぎたい。

白石から小原へ行く道も良かつたが、小原から山形へ下る道も悪くなかつた。伊馬さんの日程表に組まれなかつたら、こんな古い淋しい街道は一生通らず仕舞だつたらうと思ふ。格別何の風情も無い道だが、その何でもないところが却つて気に入つたかもしれない。

途中、山の道の傍には汚れたパルプのやうな雪が沢山残つてゐて、小川の雪解の水が道迄溢れてゐた。

——この辺は雪がなかなか解けませんので……。

四月下旬ぐらゐにならないとバスも通らない、と案内役のホテルの奥さんが云つた。街道に沿つて、小さな鄙びた部落がときどき姿を現したが、家は何れも古ぼけてゐて、ひつそり静まり返つた感じがあつた。何と云ふ部落だつたか知らないが、路傍に五、六歳の女の子が立つてゐた。頰つぺたの赤い、洟《はな》を垂した子供で、懐手した儘われわれの車を凝つと見送つてゐたのを想ひ出す。

一見、如何にも昔の田舎の子供らしくて懐しい気がしたが、伊馬さんも感心したのだらう、

——この街道には、まだあんな子供がゐるんですね……。

と云つたら、案内役の奥さんは、

——この辺はまだほんとに田舎ですから。

と弁解するやうなことを云つた。奥さんに依ると、これらの部落の多くは炭焼と酪農で生活してゐると云ふ話だつたと思ふ。

確か県境に近い所だつたと思ふが、清水の湧いてゐる場所があつて、そこで車を停めて清水の水を飲み、序に車に積んで来たビイルを飲んだりした。山のなかの林のある所で、その辺一帯は湿地になつてゐて、水芭蕉や、いちげの花が咲いてゐた。咲いてゐたと云ふが、正直のところ、花を見た記憶は余り鮮明ではない。何だか白い花が一杯あるな、と思ひながらビイルを飲んでゐたら、曇天から猛烈な雨が落ちて来たので、改めて花見をする暇が無かつたのである。

清水の先に何とか峠があつて、峠を越えて少し下つた所が県境になつてゐる。

——これから山形県です。

案内役の奥さんがさう云つたら、

——正宗は国境を定めるとき、必ず峠より尠し先方に下つた所に境界線を置いたんだ。戦略

的に考へてゐたんだらう。
と井伏さんが云つた。

小松の井上さんの所で美術館を見せて貰つて、酒を御馳走になつて、上の山に向つたのは夕方だつたと思ふ。美術館はなかなか立派なもので、日本、支那、朝鮮の古陶器が沢山硝子のケエスに入れて陳列してあつた。その他にも仏像や書画があつたと思ふが、はつきり想ひ出せない。蔦《つた》の絡つた石の建物も悪くなかつた。横田さんは伊馬さん相手に、

個人でこんな美術館が持てるなんて、たいしたものだ……。

と頻りに感心してゐたが、伊馬さんの方は、

――われわれも銀座や新宿の樽平で、随分飲みましたからね……。それを忘れないで下さい。

と応待してゐて、何だか可笑しかつた。

小松から上の山迄、どのくらゐあつたか知らないが、矢鱈に長い道程だつたやうに思はれる。途中で日が昏れて、辺りが真暗になつて何にも見えない。何も見えないなかを走つて行くと、たいへん草臥れる。

昼間、県境の峠を下つて、雨上りの平野を走つてゐたら、赤茶けた低い山の彼方に雪を被つた青い山が連つてゐて、それが陽を浴びてたいへん美しかつた。それも蔵王と聞いたやうに思ふが、余り自信は無い。そんな山を見ながら走るのは好い気分だが、何にも見えなくては話に

ならない。

——……。

隣の横田さんが何か云つたやうだが、何だか判らない。うとうと眠つてしまつて、眼を醒したら車はまだ走つてゐた。一面の闇の原で、相変らず何も見えない。その裡に町の灯らしいものが漸く前方に見え始めたので、やれやれと思つたが、それが上の山で、意外に賑かな町と云ふ印象を持つた。尤も、長い間闇のなかを走つた后だから、大抵の町は賑かに見えたかもしれない。

町に這入つてから、烟草を買ふために車を降りたら、伊馬さんも車を降りた。伊馬さんは烟草を喫まない。

——何ですか？

と訊くと、伊馬さんは内緒話でもするやうに口許に片手を宛がつて、

——胃の薬ですよ、胃の薬……。

と云つて、烟草屋の隣の薬屋に這入つて行つた。

草臥れてゐたからだらう、この晩に就ては朧気な記憶しか無い。泊つたのは、以前陛下も泊られたと云ふ大きな旅館だつたが、通されたのは壁も襖も青い部屋で、青い襖には莫迦にけばけばしい扇面の風景画が描いてあつたから面喰つた。これは面喰つたから憶えてゐるのである。

ホテル・鎌倉の奥さんに替つて、小松から案内役として随いて来た井上さんの計ひだつたと

思ふが、芸者も二、三人来て唄を歌つた。何を歌つたか忘れたが、却つてみんな何となくぐつたりしたのではないかしらん？　寝る前に横田さんと風呂へ入らうとしたら、風呂番の爺さんがゐて、「畏多《おそれおお》くも」とは云はなかつたが、何だかそんな調子で、この風呂には、

――陛下がお入りになりました。

と云つた。入る前に最敬礼でもしなければ不可ないやうな雰囲気があつて、これはちよつと忘れられない。

翌日は、上の山の近くの長谷川と云ふ人の家に行つた。この人は井上さんの伯父さんだとかで、矢張り自分の美術館を持つてゐるから偉いものだが、井上さんの案内で、それを見に行つたのである。美術館は蟹仙洞《かいせんどう》と云ふ名前だつたが、なかに這入ると横田さんが、

――おや、会津さん※の字だ……。

と云ふ。成程、蟹仙洞と会津さんの字で書かれた額が壁に架つてゐて、秋艸道人《しゅうそうどうじん》の名があつた。この美術館には刀剣と、堆朱《ついしゅ》と云ふか、堆黄、堆黒と云ふのか漆関係のものが多く陳列してあつたと思ふ。色とりどりの漆を塗り重ねた塊があつて、断面を見ると何十層、何百層にもなつた縞模様が頗る美しい。そのひとつの縞だけでも、漆を何千回、何万回と塗り重ねると聞いて、これには驚いたり感心したりした。

この后、茶を一服して裏庭へ出て鯉を見たのだが、有難いことにこの辺の所を書かれた井伏

※会津八一（1881-1956）。歌人、書家、美術史家。「秋艸道人」は号。

さんの文章があるので、失礼して引用させて頂かうと思ふ。

「この博物館の休憩室から裏庭に出ると、細長い瓢簞《へうたん》池に三十尾ばかりの大鯉と三十尾ばかりのアカハラが泳いでゐた。三尺ばかりの草魚も二尾か三尾ゐた。鯉は草魚に負けず劣らずみんな大きくて、そのなかに飛びぬけて大きなやつが一尾ゐた。長谷川さんが手を拍《たた》くと、鯉やアカハラは近くに寄つて来たが、鯉の一番大きなやつだけ一尾、石の渡橋の下から動かうとしない。それを長谷川さんが渡橋の上から竹の先で押すと、不承不承と大儀さうに泳ぎだして他の鯉たちの群がつてゐるところにやつて来た。」

この大きな鯉の年齢は六十歳と聞くと、井伏さんは、

――ぢや、還暦ですね、還暦の鯉だ。

と云つたので、鯉を見てゐた連中はみんな笑ひ出した。長谷川さんは難しい顔をした老人だつたが、このときはみんなと一緒にちよつと笑つたやうである。借用した文章は、井伏さんの随筆「還暦の鯉」の一節だが、井伏さんの読者なら先刻御承知だらう。

この美術館見物は伊馬さんの日程表には無いおまけだが、この后もう一つおまけと云ふか附録が附いた。これも井上さんの案内で、何とか焼の窯元を見に行つたのである。窯とか作業場とかいろいろ見せて貰つたが、これはまた別の話と云ふことにする。尤も、この作業場で、井

伏さんは湯呑茶碗に朱で、

　二戸の村はかすみの底の旗日かな

と云ふ句を書かれたが、それを后で窯元が送つて呉れて、これはいまでも持つてゐる。これで茶を飲むと、浅い池のなかを「大儀さうに」泳いでゐた還暦の鯉を決つて想ひ出す。

山形で井上さんに別れて仙山線に乗つたら、途中の何とか駅で機関車の附替をすると云ふので、プラットフオオムに出て見物した。面白山トンネルと云ふ面白い名前のトンネルに近い駅だつたと思ふが、違ふかもしれない。機関車の附替が終つたから車内に戻つて坐らうとしたら、知らない爺さんが澄して坐つてゐた。肩を叩いて、

――茲は僕の席ですが……。

と云ふと、爺さんは恐縮したやうな顔をして、通路を隔てた筋向ひの席に移つた。井伏さんの話だと、茲は来ますよ、と云つたのに爺さんは平気で坐つたと云ふ。変な爺さんですねと云つてゐたら、汽車が仙台に近附くにつれて、変な爺さんがお喋りを始めた。通路越しに此方に向つて喋るから、それもいろいろ親切に教へて呉れる心算らしいから、無下に知らん顔も出来ない。

昔のこの辺はどうだかうだとか、どこそこの人口は幾らだとか、何とかさんが死んだのは自殺だとか、笹蒲鉾《ささかまぼこ》はどこそこに限るとか、取留の無いことを幾らでも喋る。途中で話が判らないから、

――それは……？

と訊き返しても、爺さんは知らん顔をして自分の話を続ける。爺さんと背中合せに若い女が坐つてゐたが、その女が身体を乗出すやうにして、

――この爺さん、聾《つんぼ》だから、何云つても無駄ですよ。

と教へて呉れた。聾なら井伏さんの注意した声が聞えなくても仕方が無い。若い女は、その前から爺さんに水筒の茶を飲ませたりしてゐたから、爺さんの息子の嫁か何かだらうと思つてゐたら、后で伊馬さんが、あれは爺さんの女房に違ひない、その証拠に……とやり出して話がややこしくなつた。どう決着がついたか忘れたが、これはどつちでも構はない。仙山線に乗つたのはこの時一度だけだが、仙山線と云ふとこの聾の爺さんしか想ひ出せない。何だか物足りない気もするが、それではたいへんな美人がゐれば良かつたか、と云はれても困る。

帰る日の午前、井伏さんはもう一度白石川に糸を垂れると云ふので、他の三人はホテルの主人の案内でこけし造りを見に行つた。吊橋を渡つて五分ばかりの所に小さな家があつて、入口の小さな土間で、五十恰好の男がこけしに彩色してゐた。ホテルの主人が話をすると、男は点頭いて、轆轤《ろくろ》を廻して見せて呉れた。前の晩、仙台の町でこけしを何本も買つた横田さんは、

――何だ、此方で買へばよかつた……。

と云ひながら、それでもその家で二本ばかり買つたと思ふ。

それからぶらぶら行くと、四、五軒宿屋が竝んでゐて、そこを抜けると家竝はそれで終つてしまふ。その尠し先に岩風呂と云ふのがあつた。ホテルの主人の話だと、昔からある古い湯で土地の人がよく利用するらしい。入口から覗いた伊馬さんが振返つて、

――昨日の夫婦が入つてますよ。

と云ふから、何だらうと思つて覗くと、石段が続いてゐて下の方に湯が見える。そこに一人の老人と一人の娘さんの顔があつたから、おやおやと思つた。伊馬さんは昨日の仙山線の二人を、飽迄《あくまで》夫婦にしたがつてゐるらしいから可笑しい。下の二人は、上から覗いても一向に気に掛けずのんびりしてゐて、その感じは悪くなかつた。横田さんは、

――ちよつと入りたくなるね……。

と二、三度繰返して云つた程である。

岩風呂の先にも吊橋があるので、その吊橋を渡り、川に沿つてホテル・鎌倉の方へ引返した。右手は麦畑だが、この辺は寒いせゐか成長が遅れてゐるらしい。ぼんやり歩いてゐたら、突然、ホテルの主人が何を思つたのか、

――さうだ、こんど白石川に魚を放流しませう。

と云つたので吃驚した。

庭に片栗の株が五つか六つある。片栗は春になると芽を出し、二枚の葉を出し、葉の間から

花柄を出し、紅紫色の花を着け、五、六月頃になると地上から姿を消してしまふ。姿を消してしまふから五つか六つと書いたが、或は来年の春になると七つか八つ顔を出すかもしれない。

何年前だつたか、近所の園芸店を覗いたら片栗を売つてゐたから、歓んで買つて庭に植ゑた。それが毎年ちやんと花を着けるが、この紫の花は悪くない。この花を見ると、昔、小原温泉へ行く途中の山裾の崖に咲いてゐた片栗の花が甦って、序にそのときの愉快な旅行を想ひ出すこともある。

今年の冬は寒かつたせゐか、春になって、片栗が芽を出すのが遅かつた。庭に出て見ても、影も形も見当らない。

——いつもは花が咲いてる頃ぢやないか……。

と云つたら家の者が、

——花はどうだか判りませんが、芽はとつくに出てゐる頃ね。

と云つた。そんな話をしてゐたら、或る晩、テレビのニユウスで伊馬さんの訃を知つて吃驚した。片栗の花が咲いたのは、伊馬さんの葬式が済んで更に十日ばかり経つた頃ではなかつたかと思ふ。庭のその花を見たら、

——万葉集に出て来る植物ですね。

と云つた伊馬さんの言葉を想ひ出して、かたかごの花を教へて呉れた奥さんはどうしたらう、と思ったりした。この小文の題を「片栗の花」としたが、或は「堅香子の花」の方がよかつた

かしらん？

〔1984（昭和59）年9月書きおろし作品。単行本『緑色のバス』所収〕

P+D BOOKS ラインアップ

天使	遠藤周作	●ユーモアとペーソスに満ちた佳作短編集
白い手袋の秘密	瀬戸内晴美	●「女子大生・曲愛玲」を含むデビュー作品集
ゆきてかえらぬ	瀬戸内晴美	●5人の著名人を描いた樹玉の伝記文学集
耳学問・尋三の春	木山捷平	●ユーモアと詩情に満ちた佳品13篇を収録
青春放浪	檀一雄	●小説家になる前の青春自伝放浪記
緑色のバス	小沼丹	●日常を愉しむ短編の名手が描く珠玉の11編

P+D BOOKS ラインアップ

草を褥に 小説 牧野富太郎　大原富枝　●植物学者牧野富太郎と妻寿衛子の足跡を描く

激流（上下巻）　高見 順　●時代の激流にあえて身を投じた兄弟を描く

貝がらと海の音　庄野潤三　●金婚式間近の老夫婦の穏やかな日々を描く

せきれい　庄野潤三　●〝夫婦の晩年シリーズ〟第三弾作品

庭のつるばら　庄野潤三　●当たり前にある日常の情景を丁寧に描く

早春　庄野潤三　●静かな筆致で描かれる筆者の「神戸物語」

（お断り）

本書は1984年に構想社より発刊された単行本を底本としております。あきらかに間違いと思われるものについては訂正いたしましたが、基本的には底本にしたがっております。また、一部の固有名詞や難読漢字には編集部で振り仮名を振っています。

本文中には召使、未亡人、気狂、女優、小間使、乞食、浮浪者、使用人、浮浪人、土人、遊女、混血児、農夫、癩病人、百姓、女中、聾などの言葉や人種・身分・職業・身体等に関する表現で、現在からみれば、不当、不適切と思われる箇所がありますが、著者に差別的意図のないこと、時代背景と作品価値とを鑑み、著者が故人でもあるため、原文のままにしております。

差別や侮蔑の助長、温存を意図するものでないことをご理解ください。

小沼 丹（おぬま たん）

1918（大正７）年９月９日―1996（平成８）年11月８日、享年78。東京都出身。本名・小沼 救（おぬま はじめ）。1969年『懐中時計』で第21回読売文学賞を受賞。代表作に、『椋鳥日記』『清水町先生－井伏鱒二氏のこと』など。

P+D BOOKS とは

P+D BOOKS（ピー プラス ディー ブックス）とは
P+Dとはペーパーバックとデジタルの略称です。
後世に受け継がれるべき名作でありながら、現在入手困難となっている作品を、
B6判ペーパーバック書籍と電子書籍を、同時かつ同価格で発売・発信する、
小学館のまったく新しいスタイルのブックレーベルです。

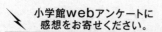

緑色のバス

2024年1月16日　初版第1刷発行
2024年6月12日　第3刷発行

著者　小沼 丹
発行人　五十嵐佳世
発行所　株式会社　小学館
〒101-8001
東京都千代田区一ツ橋2-3-1
電話　編集　03-3230-9355
販売　03-5281-3555
印刷所　大日本印刷株式会社
製本所　大日本印刷株式会社
装丁　おおうちおさむ　山田彩純
（ナノナノグラフィックス）

2480-3

P+D BOOKS